ओपरा विनफ्रे
फर्श से अर्श तक पहुँचने की प्रेरक कहानी

ओपरा विनफ्रे

फर्श से अर्श तक पहुँचने की प्रेरक कहानी

अभिषेक

प्रभात
पेपरबैक्स
www.prabhatbooks.com

प्रकाशक

प्रभात पेपरबैक्स

4/19 आसफ अली रोड, नई दिल्ली-110002

फोन : 23289777 • हेल्पलाइन नं. : 7827007777

इ-मेल : prabhatbooks@gmail.com ❖ वेब ठिकाना : www.prabhatbooks.com

संस्करण

प्रथम, 2020

मूल्य

एक सौ पचास रुपए

अ.मा.पु.स. 978-93-89982-78-7

मुद्रक

आर-टेक ऑफसेट प्रिंटर्स, दिल्ली

OPRAH WINFREY
Farsh Se Arsh Tak Pahunchane Ki Prerak Kahani
by Shri Abhishek

Published by **PRABHAT PAPERBACKS**
4/19 Asaf Ali Road, New Delhi-110002

ISBN 978-93-89982-78-7

₹ 150.00

ओपरा ने अपने व्यापक करियर में अनेक उपलब्धियाँ एवं सम्मान प्राप्त किए हैं। उनमें से कुछ नीचे दिए गए हैं—

2013—

- प्रेसिडेंशियल मेडल ऑफ फ्रीडम।

2012—

- स्पेलमन कॉलेज—नेशनल कम्युनिटी सर्विस अवॉर्ड।

2011—

- दि अकादमी ऑफ मोशन पिक्चर आर्ट्स एंड साइंसेज के बोर्ड ऑफ गवर्नस द्वारा प्रदत्त जीन हर्शाल्ट ह्यूमैनिटेरिअन अवॉर्ड/ऑनरेरी अकादमी अवॉर्ड।
- नेशनल अकादमी ऑफ टेलीविजन आर्ट्स एंड साइंसेज द्वारा प्रदत्त क्रिस्टल पीलर अवॉर्ड।
- 'टाइम' मैगजीन—विश्व के 100 सबसे ज्यादा प्रभावशाली व्यक्तियों की सूची में शामिल। वे एकमात्र व्यक्ति हैं, जिन्हें वर्ष 2004 से लेकर 2011 तक *'टाइम'* मैगजीन द्वारा जारी विश्व के सबसे ज्यादा प्रभावशाली 100 व्यक्तियों की सभी आठ सूचियों में सम्मिलित किया गया है।

2010—

- द जॉन एफ. केनेडी सेंटर फॉर द परफॉर्मिंग आर्ट्स द्वारा प्रदत्त केनेडी सेंटर ऑनर्स।
- द वीमेंस कॉन्फ्रेंस (कैलिफोर्निया) द्वारा प्रदत्त मिनर्वा अवॉर्ड।

2007—

- दि एलि विजेल फाउंडेशन फॉर ह्यूमैनिटी द्वारा प्रदत्त 2007 का ह्यूमैनिटेरिअन अवॉर्ड।

2006—

- द न्यूयॉर्क पब्लिक लाइब्रेरी द्वारा प्रदत्त लाइब्रेरी लाइन अवॉर्ड 2006।

2005—

- नेशनल एसोसिएशन फॉर दि एडवांसमेंट ऑफ कलर्ड पीपल द्वारा प्रदत्त हॉल ऑफ फेम अवॉर्ड।
- नेशनल सिविल राइट्स म्यूजियम द्वारा प्रदत्त 2005 का नेशनल फ्रीडम अवॉर्ड।
- इंटरनेशनल अकादमी ऑफ टेलीविजन आर्ट्स एंड साइंसेज द्वारा प्रदत्त 2005 इंटरनेशनल एमी फाउंडर्स अवॉर्ड।

2004—

- यूनाइटेड नेशंस एसोसिएशन फॉर द यूनाइटेड स्टेट्स ऑफ अमेरिका द्वारा प्रदत्त ग्लोबल ह्यूमैनिटेरिअन अवॉर्ड।
- नेशनल एसोसिएशन ऑफ ब्रॉडकास्टर द्वारा प्रदत्त डिस्टिंग्यूइश्ड अवॉर्ड।

2003—

- एसोसिएशन ऑफ अमेरिकन पब्लिशर्स द्वारा प्रदत्र ए.ए.पी. ऑनर्स अवॉर्ड।

2002—

- 54वाँ वार्षिक प्राइमटाइम एमी अवॉर्ड्स—बॉब होप ह्यूमैनिटेरिअन अवॉर्ड।
- ब्रॉडकॉस्टिंग एंड केबल द्वारा प्रदत्त हॉल ऑफ फेम।

1999—

- नेशनल बुक फाउंडेशन द्वारा प्रदत्र पचासवाँ वार्षिक गोल्ड मेडल।

1998—

- नेशनल अकादमी ऑफ टेलीविजन, आर्ट्स एंड साइंसेज द्वारा प्रदत्त लाइफटाइम अचीवमेंट अवॉर्ड।
- अगले ही वर्ष इस शीर्ष सम्मान को स्वीकार करने के बाद ओपरा ने अपने आपको एमी के भविष्य के इनाम से अलग कर लिया और बाद में उस प्रस्तुति द्वारा वर्ष 2000 में उनके विरुद्ध मुकदमा दर्ज किया गया। ओपरा एंड ओपरा विनफ्रे शो को 40 से भी ज्यादा डे टाइम एमी अवॉर्ड्स मिले, जिनमें से 7 अद्‌भुत आयोजन के लिए, 9 अद्‌भुत वार्त्ता शो के लिए, 20 से भी ज्यादा रचनात्मक कला श्रेणी के लिए और एक ए.बी.सी. आफ्टर स्कूल स्पेशल शेड्स ऑफ ए सिंगल प्रोटीन के अधीक्षण प्रस्तुतकर्ता के रूप में ओपरा के काम के लिए दिया गया।
- 'टाइम' मैगजीन द्वारा बीसवीं शताब्दी के 100 सबसे ज्यादा प्रभावशाली व्यक्तियों की सूची में सम्मिलित।

1997—

- 'न्यूज वीक' द्वारा प्रदत्त 'मोस्ट इंपॉरटेंट पर्सन इन बुक एंड मीडिया' अवॉर्ड।
- टी.वी. गाइड द्वारा प्रदत्त टेलीविजन परफॉर्मर ऑफ द ईयर।

1996—

- इंटरनेशनल रेडियो एंड टेलीविजन सोसाइटी फाउंडेशन द्वारा प्रदत्त गोल्ड मेडल अवॉर्ड।
- जार्ज फॉस्टर पी बॉडी अवॉर्ड्स—1995, व्यक्तिगत उपलब्धि अवॉर्ड।

लेखकीय

गूगल सर्च में ओपरा का नाम लिखते ही ब्लॉग, वीडियो ब्लॉग तथा वेबसाइटों की लंबी सूची सामने आ जाती है, जो अनौपचारिक वार्त्ता कार्यक्रम की मलिका ओपरा विनफ्रे को समर्पित है; लेकिन इनमें से किसी भी एक द्वारा ओपरा विनफ्रे के व्यक्तित्व को पूरी तरह प्रस्तुत नहीं किया गया है। ओपरा के व्यक्तित्व एवं उपलब्धियों को अच्छी तरह समझने के लिए यह आवश्यक है कि बहुआयामी दृष्टिकोण अपनाया जाए। किसी भी अन्य ख्याति-प्राप्त व्यक्ति से भिन्न ओपरा के चरित्र के अनेक आयाम हैं, जिन्हें कोई भी व्यक्ति एक बार में नहीं समझ सकता है। संस्कृति एवं समाज पर उनका प्रभाव एक ऐसा विषय है, जिस पर समय लगाने का महत्त्व है। अपने कार्यों एवं कार्यक्रमों के माध्यम से सार्वजनिक मत तैयार करने की उनकी क्षमता अतुलनीय है। उनका अनेक बार पृथ्वी पर सबसे ज्यादा प्रभावशाली व्यक्तियों में से एक व्यक्ति के रूप में वर्णन किया गया है। चाहे उनके बुक क्लब द्वारा किसी पुस्तक का अनुमोदन हो या ओबामा जैसे किसी राजनीतिक व्यक्तित्व का, भीड़ से तत्काल सराहना एवं स्वीकृति प्राप्त करने में अथाह मददगार साबित हुआ है। वह इस प्रसिद्ध कहावत का मूर्त रूप हैं कि बड़े अधिकार के साथ बड़ी जिम्मेदारियाँ भी आती हैं। एक ख्याति-प्राप्त व्यक्ति के रूप में उन्हें इस बात का पूरा अहसास है कि उनमें बहुत सारे लोगों के जीवन में बदलाव लाने की क्षमता है और वे अपनी क्षमता का भरपूर उपयोग

करती हैं। अपने निजी धर्मार्थ संगठन के माध्यम से विनफ्रे ने सैकड़ों अनुदान दिए हैं, जो संयुक्त राज्य अमेरिका तथा विश्व में महिलाओं की शिक्षा में सहायता करते हैं। मानवता की सेवा के अपने कार्यों द्वारा उन्होंने विश्व भर में उन लोगों के जीवन में महत्त्वपूर्ण बदलाव लाए हैं, जिन्हें इसकी जरूरत है।

सार्वजनिक जीवन में ओपरा ने जो भूमिका निभाई है और निभाती रही हैं, उन्हें किसी एक शब्द में व्यक्त नहीं किया जा सकता है। उनके जीवन के विभिन्न पक्षों का वर्णन करने के लिए हो सकता है कि व्यक्ति को ऐसे अनेक शब्दों की जरूरत हो। वे एक अभिनेत्री हैं, टी.वी. कार्यक्रम की प्रस्तुतकर्ता हैं, लेखिका, पुस्तक समीक्षक, परोपकारवादी तथा एक सक्रियतावादी भी हैं। उन्हें उस घटना के लिए भी जाना जाता है, जिसे 'ओपरा प्रमाद' कहते हैं। उनके अनुमोदन की लोकप्रियता अनुमोदन के सप्ताह भर के भीतर ही कई गुना बढ़ जाती है; लेकिन इससे उन्हें जिस चीज का अनुमोदन करना है, उसके चयन के प्रति वे और भी आलोचनात्मक हो जाती हैं।

श्रोताओं पर उनका प्रभाव उनके मत निर्माण से कहीं परे है। वे अनेक लोगों के लिए प्रेरणा की स्रोत हैं। कुछ लोग तो उन्हें 'पैगंबर', 'प्रेरक घटना' और 'लगभग धर्म' कहते हैं; लेकिन ओपरा उन दावों को कोई महत्त्व नहीं देती हैं, बल्कि इस अपार सफलता से वह कभी स्वयं को भी प्रभावित नहीं होने देती हैं; लेकिन इसका अर्थ यह नहीं है कि उनका जीवन विवादों से परे है; बल्कि उनके जीवन में अनेक विवाद रहे हैं।

अन्य अनौपचारिक वार्त्ता कार्यक्रम से भिन्न ओपरा अपने कार्यक्रम में यह सुनिश्चित करती हैं कि उसकी सामाजिक सार्थकता हो तथा वह समाज में सकारात्मक बदलाव का एक माध्यम बने। अपने जीवन में उन्होंने अनेक लोगों को उन विषयों के प्रति जागरूक बनाया है और लोगों की आँखें खोली हैं, जिनके प्रति लोग आँखें मूँद लेते हैं।

एक लेखक के रूप में ओपरा के बारे में अनुसंधान एवं लेखन एक आनंदप्रद अनुभव साबित हुआ। उनके जीवन की कहानी में अनेक प्रेरणाएँ और जीवन की सीखें हैं। मेरा यह गंभीर प्रयास है कि आगे आनेवाले पृष्ठों में मैं पाठकों के सामने पूरी ईमानदारी के साथ ओपरा के जीवन के पृष्ठ खोलूँ।

अनुक्रम

पड़ोस में रहनेवाली ख्याति-प्राप्त प्रतिभा

ओपरा ने प्रसारण में अपनी नौकरी की शुरुआत 'डब्ल्यू.वी.ओ.एल. रेडियो' से की, जो नैशविले में था। उस समय वह हाई स्कूल में पढ़ती थीं। उन्नीस वर्ष की उम्र में वे नैशविले 'डब्ल्यू. टी.वी. एफ—टी. वी.' पर सबसे कम उम्र की तथा पहली अफ्रीकी-अमेरिकी महिला न्यूज एंकर थीं। उसके बाद वे बाल्टीमोर के 'डब्ल्यू.जे.जेड.—टी.वी.' पर 'O Clock न्यूज' की को-न्यूज एंकर बन गईं। बाद में वे उसके स्थानीय टॉक शो 'पीपल आर टॉकिंग' की सह-परिचारक बन गईं।

दशकों तक वे इतनी विख्यात रहीं कि अधिकांश लोग उनके अंतिम नाम का प्रयोग भी नहीं करते हैं। उनके पास इतनी संपत्ति है कि वे संयुक्त राज्य अमेरिका की समृद्धतम ख्याति-प्राप्त महिला हैं, जिनकी टेलीविजन की वार्षिक आय लाखों डॉलर है। वह टेलीविजन से जुड़ा ऐसा व्यक्तित्व हैं, जिन्हें सबसे ज्यादा पुरस्कार प्राप्त हैं। हैरिस के मत-संग्रह में लगातार पाँच वर्ष तक उन्हें टेलीविजन से जुड़ी सबसे लोकप्रिय व्यक्ति के रूप में चुना गया। उनके दर्शकों की औसत वार्षिक संख्या 73 लाख है। प्रचुर संख्या में उनके प्रतिद्वंद्वी होने के बावजूद टेलीविजन का उनका दैनिक शो आज भी दिन में देखे जानेवाले प्रोग्रामों में शीर्ष पर है।

एक बार दिसंबर 1983 में ओपरा दिन के समय के एक टॉक शो का संचालन करने के लिए बाल्टीमोर में थीं। वह रुएँदार कोट पहने हुई थीं, जिसे वे 'गि मामा इयरिंग्स' कहती थीं। अमेरिका की सड़कों पर

लोगों का अभिवादन करते हुए उन्होंने चिल्लाकर कहा, ''हेलो, मेरा नाम ओपरा विनफ्रे है। मैं ए.एम. शिकागो की नई संचालक''प्रसारक के रूप में मिस नीग्रो हूँ।'' अपने प्रसारण के प्रथम सप्ताह के दौरान सुबह के स्थानीय कार्यक्रम ने देश भर में प्रसारित होनेवाले लोकप्रिय प्रोग्राम 'दो नाह्यू शो' की रेटिंग को गिरा दिया। एक साल बाद टेलीविजन टॉक शो-प्रमुख फिल डोनाह्यू को ओपरा के कार्यक्रम के साथ प्रतिस्पर्धा से बचने के लिए अपने कार्यक्रम का समय बदलना पड़ा। अब तक ओपरा को अमेरिकी डॉलर का हस्ताक्षर-युक्त बोनस प्राप्त हो चुका था और उनके कार्यक्रम की 138 बाजारों में बिक्री हो गई थी। उसी प्रथम वर्ष में वे तात्कालिक सनसनी बन गईं और वह अब टूनाइट शो प्रोग्राम पर भी आने लगीं। उन्हें दो स्थानीय एम.जी. प्राप्त हुए और वह अपनी प्रथम फिल्म 'द कलर परपल' बनाने वाली थीं। सोफिया के रूप में उस फिल्म में उनकी भूमिका ने उनके प्रशंसकों की संख्या बहुत बढ़ा दी और उन्हें श्रेष्ठ सहायक अभिनेत्री के लिए ऑस्कर के लिए नामित किया गया तथा 'गोल्डन ग्लोब पुरस्कार' भी प्राप्त हुआ।

ओपरा ने वर्ष 1985 का ग्रीष्मकाल उस फिल्म को बनाने में लगाया। बाद में वे याद करती हैं, '' 'द कलर परपल' की शूटिंग के दौरान मुझे याद है कि मैं पहली बार ऐसे लोगों के साथ थी, जहाँ मुझे लगता कि मैं सचमुच में सम्मानित हूँ''जब लोग सचमुच में आपकी आत्मा को देखते हैं और वे आपकी आत्मा से प्यार करते हैं, जब आप जो कुछ भी हैं, लोग आपको प्यार करते हैं और आपको क्या देना है?''

ओपरा ने वर्ष 1985 का ग्रीष्मकाल उस फिल्म को बनाने में लगाया। बाद में वे याद करती हैं, '' 'द कलर परपल' की शूटिंग के दौरान मुझे याद है कि मैं पहली बार ऐसे लोगों के साथ थी, जहाँ मुझे लगता कि

मैं सचमुच में सम्मानित हूँ···जब लोग सचमुच में आपकी आत्मा को देखते हैं और वे आपकी आत्मा से प्यार करते हैं, जब आप जो कुछ भी हैं, लोग आपको प्यार करते हैं और आपको क्या देना है ?'' वे आगे कहती हैं, ''बड़े काम करना मेरे भाग्य में लिखा था।'' उन्होंने कहा, ''मैं डायनाटॉस, टिना टर्नर और माया एंजेलो हूँ।''

इस फिल्म के प्रीमियर से पहले उन्होंने बलात्कार, यौन व्यभिचार तथा यौन उत्पीड़न पर एक कार्यक्रम करने का फैसला किया। उनका टेलीविजन केंद्र उनके प्रस्ताव के प्रति अनिच्छा से सहमत हो गया। टेलीविजन पर अपने साथ हुए यौन उत्पीड़न के बारे में स्वेच्छा से बात करने के लिए लोगों को आगे आने के लिए लगातार घोषणाएँ होती रहीं। यह कार्यक्रम ओपरा की हस्ताक्षर शैली बन गया—एक उत्पीड़ित, जो अपनी कठिनाइयों पर विजय प्राप्त करता है और ओपरा विनफ्रे सनसनी का भय भी।

गुरुवार 5 सितंबर, 1985 को उस कार्यक्रम की शुरुआत एक श्वेत युवा महिला के परिचय के साथ हुई, जिसने अपने आपको लौरी बताया, ''उस देश में तीन में से एक महिला के साथ यौन उत्पीड़न या यौन अत्याचार हुआ है।'' उसने श्रोताओं को बताया। इसकी शुरुआत पिता के दुलार के साथ होती है। ''यह कब दुलार से कुछ और बन जाता है ? मैं लगभग नौ और दस के बीच में सोचती हूँ।'' लौरी ने कहा, ''क्या हुआ ? क्या तुम्हें याद है, जब तुम्हारे पिताजी ने पहली बार तुम्हारे साथ यौन दुराचार किया था ? उन्होंने आपसे क्या कहा ? उन्होंने कैसे कहा और उन्होंने तुम्हें क्या बताया ?'' अधिकांश श्वेत महिला श्रोताओं में से किसी ने भी कोई जवाब नहीं दिया। ''उन्होंने मुझे सिर्फ यह बताया कि वे चाहते हैं कि मुझे अच्छा लगे।'' लौरी ने कहा, ''आपकी माँ कहाँ थीं ?''

''वह कहीं गई हुई थीं। वह शहर से बाहर भ्रमण कर रही थीं। वह तीन सप्ताह के लिए घर से बाहर गई थीं और मैं उन तीन सप्ताहों तक अपने पिता के साथ थी।''

''इसलिए वह आपके कमरे में आए और आपको दुलारना शुरू किया। यह बड़ी भयावह चीज है, जब आपकी उम्र सिर्फ नौ वर्ष हो और आपके पिता आपके साथ यौन संबंध बनाते हों!'' लौरी ने सहमति में सिर हिलाया, लेकिन कुछ भी कहा नहीं। ''मैं जानती हूँ, यह बताना बड़ा ही कठिन है। मुझे तो सच में बहुत ही कठिन लगता है। मैं जानती हूँ कि यह कितना कठिन है। जब उसने अपना काम पूरा कर लिया तो उन्होंने क्या कहा या ऐसा करते हुए क्या कहा? ठीक, सबसे पहले यह बताओ कि क्या यह आपके लिए कष्टदायक नहीं था?''

लौरी ने सहमति में सिर हिलाया, लेकिन कुछ भी कहा नहीं। ''मैं जानती हूँ, यह बताना बड़ा ही कठिन है। मुझे तो सच में बहुत ही कठिन लगता है। मैं जानती हूँ कि यह कितना कठिन है। जब उसने अपना काम पूरा कर लिया तो उन्होंने क्या कहा या ऐसा करते हुए क्या कहा? ठीक, सबसे पहले यह बताओ कि क्या यह आपके लिए कष्टदायक नहीं था?''

लौरी थोड़ा तड़प गई। ''ओह, वे मुझे कहा करते थे कि उन्होंने जो कुछ किया, उस पर उन्हें खेद है और यह कि वे दोबारा ऐसा नहीं करेंगे। बहुत बार जब वह ऐसा कुछ करते तो वह मेरे सामने घुटने पर झुक जाते और ईश्वर से मुझसे प्रार्थना करवाते कि अब वे ऐसा कभी न करें।'' कुछ ही क्षणों में ओपरा श्रोताओं के बीच गईं और अपना माइक्रोफोन एक चशमेवाली प्रौढ़ श्वेत महिला के सामने रख दिया— ''मेरा भी यौन शोषण किया गया है।'' उस महिला ने कहा, ''हाँ, मेरा भी जीवन एक तरह से लौरी की तरह ही दुलारते हुए शुरू हुआ और इसकी परिणति एक ऐसे बच्चे के रूप में हुई, जो अब तीस वर्ष का हो चुका है, लेकिन उसके जीवन के सोलह साल एक संस्था जैसी अवस्था (स्वलीनता) में बीते।''

''क्या आपका यौन शोषण आपके परिवार के किसी सदस्य द्वारा किया गया?''

उस महिला का गला भर आया, क्योंकि उसने स्वीकार किया कि वह अपने पिता द्वारा ही गर्भवती हो गई थी।

''इसलिए यह आपके पिता की संतान है?'' ओपरा ने कहा। ''हाँ, यह प्राय: होता रहा, जैसा कि लौरी के साथ भी हुआ, व्यावहारिक रूप से हर दिन, जब मेरी माँ नौकरी के लिए घर से बाहर जाती।''

''यह मेरे अति भयावह अनुभवों में से एक है, जो मुझे याद है।''

जैसे ही लौरी रोने लगी तो ओपरा ने उसे अपनी बाँहों में भर लिया और खुद भी रोने लगी। वह उस महिला के कंधों पर सिसकने लगी। ''मेरे साथ भी बिल्कुल ऐसा ही हुआ।'' उन्होंने कहा।

ओपरा के हारपो स्टूडियोज द्वारा बनाए गए 'ओपरा विनफ्रे कार्यक्रम' द्वारा लाखों श्रोताओं का 25 वर्षों तक मनोरंजन, शिक्षण एवं उत्थान किया जाता रहा। शीर्ष वार्त्ता कार्यक्रम के रूप में यह एक सप्ताह में 40 लाख श्रोताओं तक पहुँचा और अंतरराष्ट्रीय स्तर पर उसे 150 देशों में प्रसारण की अनुमति थी।

उनकी स्वीकारोक्ति राष्ट्रव्यापी खबर बन गई और उन लोगों ने उनकी ईमानदारी तथा निष्कपटता के लिए प्रशंसा की, लेकिन उनके परिवार द्वारा पूरी तीव्रता के साथ इन आरोपों का खंडन किया गया।

ओपरा के हारपो स्टूडियोज द्वारा बनाए गए 'ओपरा विनफ्रे कार्यक्रम' द्वारा लाखों श्रोताओं का 25 वर्षों तक मनोरंजन, शिक्षण एवं उत्थान किया जाता रहा। शीर्ष वार्त्ता कार्यक्रम के रूप में यह एक सप्ताह में 40 लाख श्रोताओं तक पहुँचा और अंतरराष्ट्रीय स्तर पर उसे 150 देशों में प्रसारण की अनुमति थी।

ओपरा द्वारा प्रचारित किए गए उत्पाद बहुत लोकप्रिय हुए। वह जो चीज भी खाती, पीती या पहनती, वह उनसे जुड़े होने के कारण उनमें बड़ा लाभ होता। एक विशेष पेय, हरी चाय तथा एक विशेष प्रकाार की अँगिया ओपरा द्वारा प्रचारित होने के कारण शीघ्र ही सबसे ज्यादा बिकनेवाली श्रेणी में आ गए। अपने एक कार्यक्रम में उन्होंने अँगिया बेचनेवाली अनेक दुकानों के समूह की संस्थापक तथा मुख्य कलाकार सुसान नेथेरो को प्रस्तुत किया। सहभागी एवं ओपरा स्वयं भी अंत:वस्त्र पहने हुए थे। उस कार्यक्रम के अंत में ओपरा ने यह घोषणा की कि उसे अंतत: सही आकार का अंत:वस्त्र मिल गया। उस कंपनी का पी.आर. इतना बढ़ गया कि और अनेक दुकानें खोली गईं। उसी कार्यक्रम में प्रस्तुत किए गए उत्पाद, जो विशेष रूप से महिला श्रोताओं के लिए होते हैं, वे लोकप्रिय हो गए।

'ओ.डब्ल्यू.एन.' हारपो इंक तथा डिस्कवरी कम्युनिकेशंस का साझा उपक्रम है। इस नेटवर्क की शुरुआत 1 जनवरी, 2011 को हुई और लगभग 8 5 करोड़ घरों में उपलब्ध है। इस उपक्रम में पुरस्कार प्राप्त डिजिटल प्लेटफॉर्म 'ओपरा डॉट कॉम' भी शामिल है। जुलाई 2011 से प्रभावी इस नेटवर्क में ओपरा ने अध्यक्ष, मुख्य कार्यकारी अधिकारी तथा मुख्य रचनात्मक अधिकारी का पद सँभाला।

वर्ष 2008 में ओपरा तथा 'डिस्कवरी कम्युनिकेशंस' ने मिलकर 'ओपरा विनफ्रे नेटवर्क' (ओ. डब्ल्यू.एन.) बनाने की घोषणा की। ओपरा के हृदय एवं रचनात्मक प्रवृत्ति ने ब्रांड को सूचित किया तथा चैनल की लोकप्रियता को भी बढ़ाया। ओपरा योजना बनाने में नेतृत्व देती हैं तथा श्रेष्ठ प्रतिभाओं को श्रेष्ठ समय के प्रोग्राम से जुड़ने के लिए आकर्षित करती हैं, जिससे समान विचारोंवाले श्रोताओं का वैश्विक समुदाय बनता है और फिर यह समुदाय सोशल

मीडिया तथा उससे परे भी जुड़ जाते हैं। 'ओ.डब्ल्यू.एन.' हारपो इंक तथा डिस्कवरी कम्युनिकेशंस का साझा उपक्रम है। इस नेटवर्क की शुरुआत 1 जनवरी, 2011 को हुई और लगभग 85 करोड़ घरों में उपलब्ध है। इस उपक्रम में पुरस्कार प्राप्त डिजिटल प्लेटफॉर्म 'ओपरा डॉट कॉम' भी शामिल है। जुलाई 2011 से प्रभावी इस नेटवर्क में ओपरा ने अध्यक्ष, मुख्य कार्यकारी अधिकारी तथा मुख्य रचनात्मक अधिकारी का पद सँभाला।

सैमरेड हार्ट यूनिवर्सिटी द्वारा वर्ष 2008 में किए गए एक मत सर्वेक्षण में पाया गया कि ओपरा की लोकप्रियता में गिरावट आई है। आधे से ज्यादा सहभागी सार्वजनिक नीति में उनकी भागीदारी के पक्ष में नहीं थे। इसका कारण वर्ष 2008 के उनके राष्ट्रपति बनने की दौड़ में शामिल होने तथा ओबामा के अभियान को उनके समर्थन को माना जाता है। ओपरा पर तीखे प्रहार तब शुरू हुए, जब उन्होंने ओबामा को समर्थन देने की घोषणा की तथा यह रिपब्लिकन परंपरा के बाद भी जारी रही। अनेक स्त्रीत्ववादियों ने हिलेरी क्लिंटन की तुलना में ओबामा के पक्ष में उनके समर्थन को एक छल के रूप में लिया।

उनके साथ जुड़े सभी विवादों के बावजूद वे हमारे समय की सर्वाधिक प्रतिष्ठित ख्याति-प्राप्त महिला हैं।

□

वह लड़की, जिसे ओपरा कहते हैं

वर्ष 1992 में ओपरा ने 'स्केअर्ड साइलेंट : एक्सपोजिंग एंड इंडिंग चाइल्ड अब्यूस' नामक एक डॉक्यूमेंट्री का संचालन किया। यह राष्ट्रीय दूरदर्शन के इतिहास में अब तक सबसे ज्यादा देखी जानेवाली डॉक्यूमेंट्री बन गई। वर्ष 1993 में उन्होंने 'राष्ट्रीय बाल संरक्षण कानून' के पक्ष में जनमत तैयार करना शुरू किया। इस कानून के द्वारा सजायाफ्ता बाल अपराधियों का एक डाटाबेस तैयार किया गया और यह 'ओपरा बिल' के नाम से जाना गया। खेदजनक रूप से यह कानून प्रभावशाली नहीं रहा। यह अपेक्षित था कि इस कानून द्वारा सभी राज्यों से यौन मामलों में सजा प्राप्त व्यक्तियों तथा गंभीर अपराधियों के बारे में सूचनाएँ प्राप्त कर बच्चों के साथ काम करनेवाले समूहों को दी जाएगी। अधिकांश राज्यों में इन समूहों के लिए पृष्ठभूमि संबंधी जानकारी के लिए कोई व्यवस्था नहीं थी तथा अमेरिकी अटॉर्नी जनरल की जून 2006 की रिपोर्ट के अनुसार, 'ओपरा बिल' का कल्पित प्रभाव नहीं पड़ा। वर्षों बाद उन्होंने बच्चों का यौन उत्पीड़न करनेवालों के बारे में जानकारी इकट्ठा करने के लिए www.opraho.com पर 'ओपरास चाइल्ड प्रिडेटर वॉच लिस्ट' बनाई। दिसंबर 2005 तक उस सूची में दस से भी ज्यादा लोग थे और फिर पंद्रह महीनों के बाद उनमें से पाँच लोगों को गिरफ्तार कर लिया गया, क्योंकि ओपरा ने उनके मामलों की ओर ध्यान आकर्षित किया। उन्होंने तो उस सूची में दर्ज व्यक्तियों के बारे में ऐसी कोई सूचना

देने के लिए एक लाख डॉलर के इनाम का प्रस्ताव भी किया, जिससे उनकी गिरफ्तारी हो सके और सितंबर 2008 तक वे आठ व्यक्ति भी पकड़ लिये गए। ओपरा ने अपने प्रस्ताव के अनुरूप उन लोगों को एक लाख डॉलर का इनाम दिया, जिन्होंने उन व्यक्तियों की गिरफ्तारी करवाई। टेलीविजन पर अपने पूरे कॅरियर में उन्होंने यौन उत्पीड़न पर लगातार कार्यक्रम किए। उनमें से कई, जैसे—'आई वांट माई अब्यूज्ड किड बैक', 'कॉल गर्ल एंड मैडम्स', 'फादर्स डेटिंग देयर डाउटर्स, फ्रेंड्स', 'वीमेन हू टर्न टू लेसबिआनिज्म' आदि अनुपूरक थे; जबकि 'सेक्सुअल अब्यूस इन फैमिलीज', 'रेप एंड रेप विक्टिम्स', 'हाऊ टू प्रोटेक्ट योरसेल्फ फ्रॉम एब्डक्शन बाइ ए रेपिस्ट' उनके अद्‍भुत प्रोग्राम हैं।

पूरी दुनिया में ओपरा विनफ्रे को उनके मानवतावादी शिक्षा से जुड़े सामाजिक कार्यों के लिए जाना जाता है। न्यू ऑरलिएंस में कैटरीना तूफान के बाद ओपरा द्वारा उपलब्ध कराई गई सहायता के बारे में हर जगह समाचार-पत्रों में लिखा गया। तूफान-पीड़ितों की सहायता के लिए उन्होंने 1 करोड़ डॉलर की सहायता दी। इस आपदा के बाद सहायता करनेवाले स्वयंसेवकों को भी उन्होंने उपहार दिए।

पूरी दुनिया में ओपरा विनफ्रे को उनके मानवतावादी शिक्षा से जुड़े सामाजिक कार्यों के लिए जाना जाता है। न्यू ऑरलिएंस में कैटरीना तूफान के बाद ओपरा द्वारा उपलब्ध कराई गई सहायता के बारे में हर जगह समाचार-पत्रों में लिखा गया। तूफान-पीड़ितों की सहायता के लिए उन्होंने 1 करोड़ डॉलर की सहायता दी। इस आपदा के बाद सहायता करनेवाले स्वयंसेवकों को भी उन्होंने उपहार दिए। पीड़ितों की सहायता में उनकी मदद करने के लिए उन्होंने अपने ख्याति-प्राप्त मित्रों को भी बुलाया।

अपने कार्यक्रम के माध्यम से अमेरिकी जनता के नाम से जो विपदा एवं त्रासदी आई, उन्होंने उसके लिए क्षमायाचना की। उन्होंने श्रोताओं से दान करने का आग्रह किया। उनकी अपील से 15.6 मिलियन डॉलर इकट्ठा करने में मदद मिली। इकट्ठे की गई धनराशि से 300 से भी ज्यादा नए घर बनाए गए या उनका पुनरुद्धार किया गया। उस परियोजना से जुड़े कार्य ओपरा के गृह राज्य मिसीसिपी, टेक्सॉस, लुसिआना तथा अलबामा में आठ समुदायों में किए गए। इसके अतिरिक्त, इस सहायता कार्यक्रम द्वारा उन हजारों बच्चों को ई-बुक्स उपलब्ध कराई गईं, जिनकी उस आपदा में पुस्तकें खो गई थीं।

यद्यपि अपने सांस्कृतिक जीवन के लिए अज्ञात मिसीसिपी ओपरा की जन्मभूमि भी है। उनका जन्म मिसीसिपी के लगभग अद्भुत अज्ञात क्षेत्र कोससिओस्की में हुआ था। इस नगर का नाम पोलैंड के जनरल थैडस/टेडयूसज कोससिओस्की के नाम पर रखा गया। 'विश्व के नायक' के रूप में विख्यात उस व्यक्ति ने अमेरिकी क्रांति में कॉलोनियों की स्वतंत्रता के साथ-ही-साथ अपने गृह देश की स्वतंत्रता के लिए भी लड़ाई लड़ी। अपनी योग्यता के लिए प्रशंसित जनरल ने कॉटिनेटल कांग्रेस में भी काम किया, जिसमें उनकी नियुक्ति कर्नल के पद पर एक इंजीनियर के रूप में हुई थी। कोससिओस्की राजधानी नगर जैकसन से सिर्फ 70 मील दूर है, लेकिन इन स्थानों के बीच थोड़ी भी समानता नहीं है। कोससिओस्की राज्य के अन्य छोटे कृषि क्षेत्रों की तुलना में थोड़ा भिन्न है, फिर भी अमेरिका के आरंभिक दिनों में नैशविले के सीमांत मार्ग का यह एक महत्त्वपूर्ण हिस्सा था। यद्यपि जब भी संभव होता, लोग वस्तुओं के परिवहन के लिए मिसीसिपी नदी का प्रयोग करते थे; लेकिन प्राचीन नौकायन के लिए यह तरीका प्राय: समस्याजनक होता था।

बीसवीं शताब्दी के दौरान जॉर्जिया, लुसियाना, टेनेसी, अलबामा

तथा वर्जीनिया जैसे दक्षिणी राज्य लेखकों, उपन्यासकारों व निबंधकारों के लिए अधिक उर्वर भूमि साबित हुए। अपने कार्यक्रमों में तथा अपने साक्षात्कारों में भी ओपरा प्रायः उन पुस्तकों के बारे में बातें करती हैं, जिनसे वे अपनी बढ़ती हुई उम्र में बहुत प्रभावित हुईं। उनकी अधिकांश लोकप्रिय पुस्तकें वे हैं, जो दक्षिण के लेखकों, पारंपरिक एवं समकालीन लेखकों, साहित्य समालोचकों, उपन्यासकारों, नाटककारों तथा निबंधकारों द्वारा लिखी गईं।

> ***बीसवीं शताब्दी के दौरान जॉर्जिया, लुसियाना, टेनेसी, अलबामा तथा वर्जीनिया जैसे दक्षिणी राज्य लेखकों, उपन्यासकारों व निबंधकारों के लिए अधिक उर्वर भूमि साबित हुए। अपने कार्यक्रमों में तथा अपने साक्षात्कारों में भी ओपरा प्रायः उन पुस्तकों के बारे में बातें करती हैं, जिनसे वे अपनी बढ़ती हुई उम्र में बहुत प्रभावित हुईं।***

इन लेखकों द्वारा लिखी गई पुस्तकों का एक अद्‌भुत पक्ष यह है कि उनमें प्रजातियों के बीच गहरी खाई पाई जाती है और हर जातीय समूह के बीच समानता भी। अश्वेत लेखक पाठकों को श्वेतों द्वारा उनके उत्पीड़न तथा त्रासदी के बारे में शिक्षित करते हैं। प्रौढ़ावस्था में जब ओपरा एवं उनके कुछ मित्रों ने इन विषयों के बारे में बात की तो उनके शब्दों से उन पुस्तकों, कविताओं एवं कहानियों की झलक मिलती हैं, जो संयुक्त राज्य अमेरिका की सांस्कृतिक व साहित्यक धरोहर है। ओपरा एवं उनके मित्रों ने तो इन कहानियों को जिया है।

अप्रैल 2000 में ओपरा तथा 'हर्सटस' मैगजीन ने 'ओ दि ओपरा' मैगजीन की शुरुआत की, जो एक मासिक पत्रिका थी और यह पत्रिका आज महिलाओं की जीवन-शैली से संबंधित श्रेष्ठ पत्रिकाओं में से एक

है। इस पत्रिका को वर्तमान समय में सफलतम पत्रिका की शुरुआत का श्रेय दिया जाता है और प्रतिमाह इस पत्रिका के लगभग 23.5 लाख पाठक हैं। अप्रैल 2002 में ओपरा ने दक्षिण अफ्रीका में इस पत्रिका 'दि ओपरा मैगजीन' के प्रथम अंतरराष्ट्रीय संस्करण की शुरुआत की और अपने संदेश 'अपना श्रेष्ठ जीवन जीओ' का प्रसारण अपने एक अन्य व्यापक श्रोता वर्ग को किया।

एक गरीब व अनाथ अश्वेत बच्ची ओपरा विनफ्रे की कहानी, जिसे उसकी युवा माँ ने भी उपेक्षित कर दिया, तब संसार के सामने आई, जब उसने साक्षात्कार देना शुरू किया। ''मेरे पास एक भी ऐसी पोशाक नहीं थी, जिसे किसी स्टोर से खरीदा गया हो।'' उन्होंने संवाददाताओं के एक समूह को बताया, ''मेरे पास छह वर्ष की उम्र तक एक जोड़ी जूता भी नहीं था।'''एकमात्र खिलौना, जो मेरे पास था, वह था एक भुट्टे के आकार की गुड़िया, जिसमें दाँत खोदनी भी थी।'' अपने साक्षात्कार के दौरान वे अपने बचपन के दिनों को ऐसे याद करती हैं—'वे बिल्कुल अकेली थीं, जिनके साथ खेलने के लिए सुअर के सिवाय और कुछ भी नहीं था।' ऐसे ही एक साक्षात्कार में उन्होंने दावा किया, ''मेरे साथ बात करने के लिए

एक गरीब व अनाथ अश्वेत बच्ची ओपरा विनफ्रे की कहानी, जिसे उसकी युवा माँ ने भी उपेक्षित कर दिया, तब संसार के सामने आई, जब उसने साक्षात्कार देना शुरू किया। ''मेरे पास एक भी ऐसी पोशाक नहीं थी, जिसे किसी स्टोर से खरीदा गया हो।'' उन्होंने संवाददाताओं के एक समूह को बताया, ''मेरे पास छह वर्ष की उम्र तक एक जोड़ी जूता भी नहीं था।'''एकमात्र खिलौना, जो मेरे पास था, वह था एक भुट्टे के आकार की गुड़िया, जिसमें दाँत खोदनी भी थी।''

सिर्फ बाड़े के जानवर होते थे। मैं उन्हें 'बाइबिल' की कहानियाँ सुनाती थी। हम इतने ही गरीब थे कि हम एक कुत्ता या बिल्ली भी नहीं पाल सकते थे, इसलिए मैंने दो तिलचट्टों को पालतू बना लिया। मैंने उन्हें एक बोतल में रखा और उनका नाम 'मिलिंडा व सैंडी' रखा।''

वे अपने श्रोताओं का मनोरंजन कुएँ से ढोकर पानी लानेवाली कहानियों से करती हैं—''मुझे हर समय अपनी दादी माँ के हाथों पिटना पड़ता था। यह दक्षिण की परंपरा का बस, एक हिस्सा है कि किस तरह बुजुर्ग बच्चों को पालते हैं! यदि कोई चीज आपसे गिर जाती है तो आपको मार पड़ती है; आप कोई कहानी सुनाते हैं तो आपकी पिटाई की जाती है। मेरी नानी माँ मुझे छड़ी से पीटती थी। वह मुझे हर दिन पीटतीं और कभी थकती नहीं थीं।''

ओपरा दक्षिण के दो राज्यों—मिसीसिपी तथा टेनसी में रही हैं। बचपन व युवावस्था के कुछ दिन उन्होंने मिलवॉकी, विसकॉन्सिन में बिताए हैं और '20 के दशक में मेरीलैंड चली गईं। अंततः शिकागो उनका प्राथमिक घर बन गया। ओपरा की हाई स्कूल तथा कॉलेज की शिक्षा टेनेसी में हुई। वर्ष 1954 में उनके जन्म के समय नौकरियाँ बहुत कम थीं और युवा, विशेषकर अश्वेत युवा, पक्षपात एवं गरीबी के शिकार होते रहते थे।

□

कष्टमय बचपन

ओपरा अपनी सफलता का श्रेय अपनी नानी हैतीमैली तथा अपने पिता वर्णन विनफ्रे को देती हैं; लेकिन उनके बचपन की यादें दुःख और उदासियों से भरी हुई हैं।

उनका जन्म ही नाजायज हुआ था, दो युवाओं की संतान के रूप में। उनकी माँ वर्णिताली ने 18 वर्ष की उम्र में यह दावा किया कि 20 वर्षीय एक व्यक्ति—वर्णन विनफ्रे, जो अलावा में कैंप रूफर में एक सैनिक के रूप में तैनात था और जो सेना से दो सप्ताह की छुट्टी लेकर वहाँ आया हुआ था, वह उसके बच्चे का बाप था।

बच्चे का नाम 'ओपरा' रखा गया। वह बुक ऑफ रूस में बाइबिल से जुड़ा एक नाम था। कुछ समय बाद वर्णिता ने शिशु को अपनी माँ हैती के पास छोड़ दिया। ओपरा का आरंभिक बचपन अपनी नानी के पास बीता। छह वर्ष की उम्र में भी वह मिसीसिपी के डेल्टा क्षेत्र में अपनी नानी के छोटे से खेत में रहती थी। बाद में वह अपनी माँ के साथ रहने के लिए मिलवाके, विसकॉन्सिन चली गईं।

खेतों का जीवन कठिन था। चूँकि परिवार के पास वॉशिंग मशीन नहीं थी, इसलिए पानी कुएँ से लाना पड़ता था। उन्हें गायों, सुअरों तथा मुरगीपालन में मदद करनी पड़ती थी। वह अपनी नानी के पास सोती थी। उसके नाना अपनी छड़ी से उसे धमकी देते थे और उसी प्रकार नानी भी। अपने एक साक्षात्कार में वे याद करती हैं, "मैं श्वेत बनना चाहती

थी, क्योंकि मैंने यह कभी नहीं देखा कि किसी श्वेत बच्चे की पिटाई होती है। मेरी तो हर समय अपनी नानी के हाथों पिटाई होती रहती थी।''

हैतीमैली कभी-कभी ओपरा को पास के ही फेथ यूनाइटेड मिसीसिपी बैपटिस्ट चर्च ले जाती थीं। उन्हें यह सिखाया जाता था कि 'बाइबिल' कैसे पढ़ते हैं तथा उसके उद्धरणों को किस प्रकार याद करते हैं। बाइबिल को पढ़ने की उनकी क्षमता के कारण उन्हें ईस्टर चयन करने के लिए बुलाया जाता था।

बचपन में धर्म के प्रति उनके उत्साह के कारण उन्हें अन्य बच्चों की शत्रुता झेलनी पड़ती थी, जो उन्हें 'द प्रिचर' तथा 'मिस जीसस' जैसे उपनाम देते थे। सात वर्ष की उम्र तक उनमें विलियम अर्नेस्ट हेनले की 'दि इवीक्टस' जैसी प्रेरणादायक कविताओं के प्रति रुचि पैदा हो गई। अपनी नानी के खेत में वे बिल्कुल अकेली थीं, जिनका कोई मित्र नहीं था।

''मैं उनके दोस्तों के साथ बस, खड़ी हो जाती थी और जिन छंदों को मैंने याद किया, उन्हें सुनाने लगती।'' ओपरा ने एक बार कहा, ''मैं जहाँ कहीं भी जाती, मैं कहती, 'क्या आप मुझे कुछ करते हुए सुनना चाहते हैं'?''

बचपन में धर्म के प्रति उनके उत्साह के कारण उन्हें अन्य बच्चों की शत्रुता झेलनी पड़ती थी, जो उन्हें 'द प्रिचर' तथा 'मिस जीसस' जैसे उपनाम देते थे। सात वर्ष की उम्र तक उनमें विलियम अर्नेस्ट हेनले की 'दि इवीक्टस' जैसी प्रेरणादायक कविताओं के प्रति रुचि पैदा हो गई। अपनी नानी के खेत में वे बिल्कुल अकेली थीं, जिनका कोई मित्र नहीं था। उन्हें श्वेत बच्चों से ईर्ष्या होती थी, जिनके परिवार के पास टेलीविजन सेट तथा वॉशिंग मशीन होती थी, जिन्हें छोटी-छोटी बातों के लिए सजा नहीं मिलती थी। ''मैं श्वेत बनना चाहती थी, उसका कारण

यह था कि मैंने कहीं भी किसी श्वेत बच्चे को पिटते हुए नहीं देखा था।'' उन्होंने लेखिका लीन टोरनाबेन को बताया।

ओपरा के एकमात्र मित्र सुअर थे, जिनकी देखभाल में वे मदद करती थीं। वे उनके साथ पढ़तीं, बातें करतीं और उन्हें कहानियाँ सुनातीं। जब वे छह वर्ष की हुईं तो उन्होंने मिलवाने में अपनी माँ के साथ रहने की इच्छा जताई। खेतों में अपनी दादी के साथ बिताए जीवन ने उन्हें मजबूत और धार्मिक बनाया तथा ईश्वर में उनकी आस्था को दृढ़ किया। उस समय ने उन्हें तर्क करने की क्षमता के विकास में मदद की तथा उनमें दूसरों की सहायता करने की भावनी जागी और आत्म-जागरूकता भी आई।

ओपरा की माँ वर्णिता में अपनी माँ के गुण नहीं थे। उनके घर में छह वर्ष की ओपरा के लिए कोई कमरा नहीं था। वह अपना घर चैरिटी के पैसों तथा घरों में साफ-सफाई करके जो कमाई होती थी, उससे चलाती थी। जब ओपरा नौ वर्ष की थीं तो उन्हें एक और नाजायज बच्चा हुआ। ओपरा अवांछित थीं और वे परिवार में एक बोझ थीं। अपनी सौतेली बहन की तुलना में उनके साथ निम्न दर्जे का व्यवहार किया जाता था, जिसकी त्वचा का रंग उनकी तुलना में हलका था। उस घर की मालकिन मिसेज मिलर ओपरा की तुलना में छोटे बच्चे की प्रशंसा करती थीं।

युवावस्था से ही किसी भी अन्य अफ्रीकी अमेरिकी की तरह ओपरा भी त्वचा के रंग के प्रति जागरूक थीं। ''श्वेत लोगों ने कभी भी मुझमें निम्न स्तर का होने की भावना नहीं पैदा की।'' वर्षों बाद उन्होंने कहा, ''अश्वेत लोग मुझ में कमतर होने की भावना पैदा करते। मैं उस घर में मिसेज मिलर के साथ कमतर महसूस करती थी।

''मकान-मालकिन मिसेज मिलर मेरी त्वचा के रंग के कारण मुझे पसंद नहीं करती थीं।'' ओपरा

याद करती हैं। मिसेज मिलर एक श्वेत महिला थीं, जिनकी त्वचा का रंग हलका था और मेरी सौतेली बहन की त्वचा का रंग भी हलका था और उसकी प्रशंसा की जाती थी। ये कुछ ऐसी चीजें हैं, जो कभी मुझे बताई नहीं गईं; लेकिन उसे पूरी तरह पता था कि उसकी प्रशंसा की जाती है, क्योंकि उसकी त्वचा का रंग श्वेत था और मेरा नहीं।''

युवावस्था से ही किसी भी अन्य अफ्रीकी अमेरिकी की तरह ओपरा भी त्वचा के रंग के प्रति जागरूक थीं। ''श्वेत लोगों ने कभी भी मुझमें निम्न स्तर का होने की भावना नहीं पैदा की।'' वर्षों बाद उन्होंने कहा, ''अश्वेत लोग मुझमें कमतर होने की भावना पैदा करते। मैं उस घर में मिसेज मिलर के साथ कमतर महसूस करती थी। मैं कमतर महसूस करती थी, क्योंकि मैं बहुत ही काली थी और मेरे बाल घुँघराले थे। मुझे लगता था कि मैं बहिष्कृत हूँ।'' जब उन्होंने कॉलेज में प्रवेश लिया तो रंग को लेकर जिस प्रकार का भेदभाव न सिर्फ समुदाय से बाहर अपितु अश्वेत समुदाय के भीतर भी किया जाता था, उसे देखकर उनमें चिड़चिड़ापन आ गया।

कॉलेज से निकल जाने के काफी दिनों बाद भी वह अश्वेतों को 'मिलावटी ब्राउनी' कहती रहीं। एक बार हैराल्ड वॉशिंगटन के बारे में बात करते हुए, जो नगर के पहले अफ्रीकी अमेरिकी मेयर थे, उन्होंने कहा, ''हम 'भूरी मिठाई' हैं। 'भूरी मिठाई', 'जिंजर ब्रेड' तथा 'वेनिला क्रीम' भी हैं। जिंजर ब्रेड वे हैं, जिन्हें यह जानते हुए भी कि वे काली हैं, उनमें सफेद के सारे गुण होते हैं।...वेनिला क्रीम वे हैं, जो यदि चाहें तो आगे बढ़ सकते हैं और फिर मेरे और मेयर की तरह भी लोग हैं। भूरी मिठाई के सिवाय हमें कुछ और समझने में कोई गलती नहीं हुई।''

कॉलेज के दिनों में उन्हें वे पुस्तकें बहुत पसंद होती थीं, जो जातीय मुद्दों पर लिखी जाती थीं—दासता, पृथकत्व, अश्वेतों के विरुद्ध हिंसा व बलात्कार, पिटाई तथा अन्य प्रकार की हत्याएँ, अन्याय एवं कानूनी

उनकी पढ़ने तथा अभिनय के प्रति रुचि तब और बढ़ गई, जब सन् 1985 में कास्टिंग वे कुइंसी जोंस ने उन्होंने अफ्रीकी अमेरिकियों पर बनी फिल्म 'एलिस वाकर्स द कलर परपल' में सोफिया नामक चरित्र की भूमिका का अभिनय करने का प्रस्ताव किया। इस फिल्म को बड़ी सफलता मिली।

व्यवस्था तथा हर प्रकार के भेदभाव।

उनकी पढ़ने तथा अभिनय के प्रति रुचि तब और बढ़ गई, जब सन् 1985 में कास्टिंग वे कुइंसी जोंस ने उन्होंने अफ्रीकी अमेरिकियों पर बनी फिल्म 'एलिस वाकर्स द कलर परपल' में सोफिया नामक चरित्र की भूमिका का अभिनय करने का प्रस्ताव किया। इस फिल्म को बड़ी सफलता मिली।

एक साल के बाद ओपरा अपनी माँ वर्णिता के साथ रहने के लिए मिलवाफी चली गई, जब उसकी माँ की तीसरी संतान जेफरी ली का जन्म दिसंबर 1960 में हुआ। जेफरी के जन्म के बाद वह अपने चचेरे भाई एलिस के छोटे से अपार्टमेंट में रहने लगी और थोड़े समय तक वह चैरिटी के माध्यम से ही अपना गुजारा करती रहीं। उन्होंने ओपरा को अपने जैविक पिता वर्णन विनफ्रे के पास रहने के लिए नैशविले भेज दिया।

उन्होंने जैसा जीवन अपनी नानी के साथ खेतों में बिताया था, वह जीवन तुलनात्मक रूप से उनके लिए अत्यंत ही निम्न स्तर का था। इस बात का अहसास तो उन्हें बाद में ही हुआ; लेकिन अपने पिता की देखभाल में आने के बाद उनके जीवन में वह परिवर्तन आया, जिस परिवर्तन की उन्हें बड़ी जरूरत थी।

ओपरा टेनेसी के नैशविले में अपने पिता तथा सौतेली माँ जेलमा के साथ रहने लगीं। वे सात वर्षीया ओपरा को अपने पास पाकर बहुत खुश थे, क्योंकि उनकी अपनी कोई संतान नहीं थी। अंतत: ओपरा को अपना

बिस्तर तथा अपना सोने का कमरा मिल गया और वे बहुत खुश थीं। वर्णन ईस्ट नैशविले में ईंट के छोटे से घर में रहते थे और वैंडर बिल्ट यूनिवर्सिटी में चौकीदार का काम करते थे। उन्होंने ओपरा का स्वागत किया और उसे एक सही संरचना के साथ घर दिया, जिसमें स्कूल, पुस्तकालय में नियमित पहुँच, थोड़ा-बहुत टेलीविजन, खेलने का समय और हर रविवार को चर्च जाने की व्यवस्था थी। ओपरा का नाम वार्टन एलिमेंटरी स्कूल में लिखवा दिया गया और एक बार फिर उन्हें एक ग्रेड आगे बढ़ने की अनुमति मिल गई। तीसरी कक्षा की छात्रा ओपरा खुश थी कि उसके माता-पिता उसे पुस्तकालय ले जाते थे और उसकी शिक्षा को महत्त्व देते थे। परिवार नियमित रूप से चर्च जाता था और ओपरा को इस कम उम्र में भी सार्वजनिक रूप से बोलने का और मौका मिल गया।

ओपरा का नाम वार्टन एलिमेंटरी स्कूल में लिखवा दिया गया और एक बार फिर उन्हें एक ग्रेड आगे बढ़ने की अनुमति मिल गई। तीसरी कक्षा की छात्रा ओपरा खुश थी कि उसके माता-पिता उसे पुस्तकालय ले जाते थे और उसकी शिक्षा को महत्त्व देते थे। परिवार नियमित रूप से चर्च जाता था और ओपरा को इस कम उम्र में भी सार्वजनिक रूप से बोलने का और मौका मिल गया।

चूँकि वर्णन तथा जेलमा की अपनी कोई संतान नहीं थी, इसलिए वे स्वयं ही ओपरा का लालन-पालन करना चाहते थे। अत्यधिक धार्मिक प्रवृत्ति के वर्णन चर्च में बड़े सक्रिय होते थे। जब उन्हें विश्वास मिला तो उन्होंने नानी ली की तरह ही यह सुनिश्चित किया कि ओपरा सभी प्रार्थना सभाओं तथा युवाओं पर केंद्रित गतिविधियों में शामिल हो। विनफ्रे का घर एक ऐसी जगह थी, जहाँ बच्चे की शिक्षा महत्त्वपूर्ण थी और जेलमा,

जिन्हें एक कठोर अनुशासनवादी के रूप में जाना जाता था, वे यह देखती थीं कि ओपरा नियमित रूप से निश्चित संख्या में पुस्तकें पढ़े-लिखे, हिसाब बनाना सीखे तथा एक विस्तृत शब्दावली विकसित करे।

जेलमा के देहांत के बाद वर्णन ने कई वर्षों तक शादी नहीं की। बाद में वे उस महिला से मिले, जिसे उन्होंने अपनी दूसरी पत्नी बनाया।

ओपरा ग्रीष्मावकाश के अंतिम दिन वर्णिता के साथ बिताती थीं, क्योंकि उनकी माँ का विवाह होने वाला था। इसके अलावा, पिता तथा माँ जेलमा के साथ ओपरा का जीवन कुछ ज्यादा ही बंदिशों भरा था। उन्हें सिर्फ एक घंटे के लिए हर दिन टेलीविजन देखने दिया जाता था और रविवार को तो कभी भी नहीं। वर्णिता ने वायदा किया कि वह मिलवाके में ओपरा को वह जितना चाहे, टेलीविजन देखने देंगी और विडंबना यह हुई कि यह छोटी सी रिश्वत उनकी बेटी का जीवन बदलनेवाली घटना बन गई।

ओपरा ने बताया, ''(रविवार रात को) मैं लाइनोलियम के फर्श पर बैठकर अपनी माँ के अपार्टमेंट में टेलीविजन देख रही थी। मैं इसे कभी नहीं भूलूँगी। यह पहली बार था, जब मैंने किसी अश्वेत को हीरा पहने हुए देखा था और मैं जानती हूँ कि वह सच्चा हीरा था। मैं भी डायना रॉस बनना चाहती थी। मुझे डायना रॉस बनना था।''

''जब मैं दस वर्ष की थी, तब श्वेत बनने की अपनी इच्छा का त्याग कर दिया, जब मैंने रॉस तथा द सुप्रीम परफॉर्मेंस का 'दि एड सलिवन शो' देखा।'' ओपरा ने बताया, ''(रविवार रात को) मैं लाइनोलियम के फर्श पर बैठकर अपनी माँ के अपार्टमेंट में टेलीविजन देख रही थी। मैं इसे कभी नहीं भूलूँगी। यह पहली बार था, जब मैंने किसी अश्वेत को हीरा पहने हुए देखा था और मैं जानती हूँ कि वह सच्चा हीरा था। मैं भी डायना रॉस बनना चाहती थी। मुझे डायना रॉस बनना था।''

तीसरी कक्षा की पढ़ाई पूरी करने के बाद वर्णन अपनी बेटी को उसकी माँ से मिलवाने के लिए मिलवाके ले गए। जिस समय ओपरा उनके पास से चली गई, उसी समय वर्णिता ने जेफरी नामक लड़के को जन्म दिया। उस दो कमरे के अपार्टमेंट में तीनों बच्चे एक ही कमरे में रहते थे। शीत ऋतु में ओपरा को नैशविले वापस ले जाने के लिए जब वर्णन आए तो ओपरा ने अपनी माँ के पास ही रहने का फैसला किया और चौथी कक्षा की पढ़ाई मिलवाके में शुरू की। अपनी माँ की अनुपस्थिति में ओपरा अपना अकेलापन दूर करने के लिए टेलीविजन चला लेतीं और उनके मन में एक दिन प्रसिद्ध महिला होने का आता।

वर्णन अपनी बेटी के वर्णिता के घर के माहौल में वापस जाने पर खुश नहीं थे। ओपरा को भी लगा कि जिस घर का जीवन उन्होंने पहले व्यतीत किया था—घुटन भरा, अनियंत्रित व्यवहार आदि, वह अब और भी बदतर हो गया था। अब उनको नियमित रूप से यौन शोषण किया जाने लगा। जब वे नौ वर्ष की थीं तो उनके मामा के घर पर मामा के लड़के द्वारा उनके साथ बलात्कार किए जाने के बाद अगले पाँच वर्षों तक, जब तक कि वह अपने पिता के पास रहने के लिए वापस नहीं चली गईं, उनके साथ दुराचार होता रहा, जिसे उन्होंने निरंतर तथा अनंत बताया है। अनेक पुरुषों ने उनका शोषण किया, जिनमें अन्य संबंधी तथा उनकी माँ के पुरुष मित्र भी शामिल थे। जब पहली बार उनके मामा के लड़के ने उनके साथ बलात्कार किया तो वे कहती हैं कि उन्हें समझ में नहीं आया कि उनके साथ क्या हुआ, विशेष रूप से जब उनके मामा के बेटे ने उन्हें एक आइसक्रीम कोन तथा स्थानीय चिड़ियाघर ले जाकर घुमाने की रिश्वत देकर उन्हें यह बात किसी को भी न बताने के लिए विश्वस्त किया।

जब चौदह वर्ष की उम्र में उन्होंने अपनी माँ को इस यौन शोषण के बारे में बताया तो उन्होंने यह कहकर उसकी बातों का खंडन किया कि उसके पति का एक भाई मुजरिम है। इस बात पर चर्चा करने से अपनी

> ***जब चौदह वर्ष की उम्र में उन्होंने अपनी माँ को इस यौन शोषण के बारे में बताया तो उन्होंने यह कहकर उसकी बातों का खंडन किया कि उसके पति का एक भाई मुजरिम है। इस बात पर चर्चा करने से अपनी माँ द्वारा मना किया जाना इतना अप्रिय था कि ओपरा आगे कभी यह समस्या उनके सामने नहीं ला पाईं।***

माँ द्वारा मना किया जाना इतना अप्रिय था कि ओपरा आगे कभी यह समस्या उनके सामने नहीं ला पाईं।

डायना वर्णन था। जेलमा ने ओपरा को नैशविले को ईस्ट वार्टन एलिमेंट्री स्कूल भेजा। चौथी कक्षा की उनकी शिक्षिका, जिनका नाम मिसेज डंकन था, ने उन्हें प्रेरित किया कि एक समय वह सोचने लगीं कि वे शिक्षक बनेंगी। जब दूसरी बार वे अपनी माँ के साथ रहने लगीं तो लिंकन मिडिल स्कूल में उनका प्रदर्शन बड़ा अच्छा था, जो मिलवाके निम्न स्तरीय जैसे शहर में स्थित था। ओपरा को मिलवाके के नव समेकित हाई स्कूल में स्थानांतरण में एक शिक्षक ने मदद की। नए स्कूल में ओपरा के एक शिक्षक जीन अब्रामस ने देखा कि ओपरा को पढ़ने का बड़ा शौक था। उन्होंने समय निकालकर ओपरा का स्थानांतरण विस्कॉन्सिन के श्वेतों के स्कूल ग्लेनडेल में करवा दिया। बाद में ओपरा ने बताया कि इस सम्मान के लिए चयनित वह एकमात्र विद्यार्थी थीं।

"मेरे सामने एक ऐसी स्थिति थी, जिसमें से एकमात्र अश्वेत बच्ची थी, दो हजार उच्च-मध्य मवर्गीय बच्चोंवाले इस उपनगर के यहूदियों के स्कूल में मैं एकमात्र अश्वेत थी। मैं स्कूल जाने के लिए सुबह के समय उनके घरों में काम करनेवाली नौकरानियों के साथ सवार होती। मुझे तीन बार स्कूल बदलना पड़ा।"

जिस वर्ष ओपरा ने निकोलेट हाई स्कूल जाना शुरू किया, वो

वह समय था, जब मार्टिन लूथर किंग जूनियर तथा रॉबर्ट केनेडी की हत्या की गई थी।

''वर्ष 1968 में किसी अश्वेत को जानना बड़ी बात थी, इसलिए मैं काफी लोकप्रिय थी। बच्चे मुझे अपने घर ले जाते। वह अपने पर्लबेली का अलबम निकालते, अपने पीछे से अपनी नौकरानियों को बुलाते और कहते, 'ओपरा, क्या तुम मेबल को जानती हो?' उन्हें लगता कि सभी अश्वेत एक-दूसरे को जानते हैं।'' वे बताती हैं।

''वर्ष 1968 में किसी अश्वेत को जानना बड़ी बात थी, इसलिए मैं काफी लोकप्रिय थी। बच्चे मुझे अपने घर ले जाते। वह अपने पर्लबेली का अलबम निकालते, अपने पीछे से अपनी नौकरानियों को बुलाते और कहते, 'ओपरा, क्या तुम मेबल को जानती हो?' उन्हें लगता कि सभी अश्वेत एक-दूसरे को जानते हैं।'' वे बताती हैं।

चौदह वर्ष की उम्र में उन्होंने स्कूल से भागना, लड़कों से भेंट करना, अपनी माँ के पैसे चुराना और यहाँ तक कि भाग जाना शुरू किया। वर्णिता ज्यादा दिनों तक इस प्रकार के आचरण को सँभाल नहीं पाईं, इसलिए ओपरा को अपने पिता के साथ रहने के लिए फिर से नैशविले भेज दिया गया।

वर्णन ने ओपरा को एक 'उचित युवा महिला' के रूप में बदलना शुरू किया।

''हर सुबह मेरी सौतेली माँ यह सुनिश्चित करने के लिए कि मैंने सही मोजे पहने हैं या नहीं और हर चीज का सामंजस्य है या नहीं, मुझे देखती।'' उन्होंने एक टी.वी. साक्षात्कार में बताया, ''जब मेरा वजन 70 पौंड था, मुझे हर दिन स्लिप और कमरपेटी पहननी पड़ती थी। ईश्वर न करे, कभी आपकी स्कर्ट के आर-पार किसी की नजर चली जाए! वे

क्या देख लेंगे, आपकी टाँगों की बाहरी रेखा, बस, और क्या?''

''जब अनुशासन की बात होती है तो कठोर होना ही वह एक तरीका है, जो मैं जानता हूँ।'' वर्षों बाद वर्णन ने बताया, ''मेरे अपने पिता तो रोनेवाले का हाथ ही मरोड़ देते थे।'' वर्णन ने कहा, ''लेकिन ओपरा का तरीका मुझे गुस्सा दिलाता रहता है। यदि मैं पूर्व की ओर खींचूँ तो वह पश्चिम की ओर खींचेगी। यदि मैं उत्तर की ओर संकेत करूँ तो वह दक्षिण की ओर उतारू होगी। वह अप्रिय बच्ची नहीं थी, बल्कि उसके साथ तो मुझे बड़ा मजा आता था, लेकिन निर्देशों से उसे समस्या तो थी ही।''

ओपरा को वर्णन की हज्जाम की दुकान के ठीक बगल में किराने की दुकान में काम करने के लिए रखा गया। ''मुझे उस स्टोर में काम करने से घृणा थी।'' ओपरा ने कहा, ''उस समय के एक-एक मिनट से मुझे घृणा थी।'' वर्ष 1968 की शीत ऋतु के दौरान उसने द्वितीय वर्ष की छात्रा के रूप में ईस्ट नैशविले हाई स्कूल जाना शुरू किया। अपने प्रथम वर्ष के दौरान अधिकांश समय किसी को उसका पता ही नहीं चला। वह हर कक्षा में उपस्थित होती, लेकिन पीछे की सीट पर चुपचाप बैठी रहती।

''मुझे उस स्टोर में काम करने से घृणा थी।'' ओपरा ने कहा, ''उस समय के एक-एक मिनट से मुझे घृणा थी।'' वर्ष 1968 की शीत ऋतु के दौरान उसने द्वितीय वर्ष की छात्रा के रूप में ईस्ट नैशविले हाई स्कूल जाना शुरू किया। अपने प्रथम वर्ष के दौरान अधिकांश समय किसी को उसका पता ही नहीं चला। वह हर कक्षा में उपस्थित होती, लेकिन पीछे की सीट पर चुपचाप बैठी रहती।

वर्णन विनफ्रे ग्रेड को लेकर बहुत सख्त थे और वे अपेक्षा करते थे कि ओपरा 'ए' ग्रेड प्राप्त करे। वे उपलब्धियों के लिए उसे कभी

पुरस्कृत नहीं करते थे। उनकी पत्नी जेलमा भी यह चाहती थीं कि ओपरा वह सबकुछ करे, जो एक विलक्षण छात्रा बनने के लिए आवश्यक है।

शीघ्र ही ओपरा को पता चल गया कि वह गर्भवती हैं। उन्होंने इस खबर को अपने माता-पिता से छुपाने का निर्णय किया। जब उनके पैरों व घुटनों पर सूजन आ गई और पेट बाहर की ओर निकल गया तो उनकी सौतेली माँ उन्हें एक डॉक्टर के पास ले गईं। वह गर्भवती थीं। ''घर जाकर अपने पिता को यह बताना मेरे जीवन का कठिनतम काम था।'' ओपरा आगे बताती हैं, ''मैं स्वयं को खत्म कर देना चाहती थी।''

उन्होंने अपने पिता को बताया कि उनका भाई उस बच्चे का पिता हो सकता है। ''एक तरह से सबने इस बात को बड़ी दृढ़ता के साथ छुपा दिया।'' ओपरा ने इबोनी के लौरा रेडॉल्फ को बताया, ''चूँकि मैं पहले ही यौन संबंधी स्वच्छंद आचरण में लिप्त थी, इसलिए उन्होंने सोचा कि कुछ भी होता है तो यह मेरी गलती है; और चूँकि मैं पूरे विश्वास के साथ यह नहीं कह सकी कि वह ही बच्चे का पिता था तो मुद्दा यह बन गया कि 'क्या वह ही बच्चे का पिता है?' न कि शोषण। मैं इस तरह की बच्ची नहीं थी, जो निरंतर वह बोलती रहे, जब तक कि लोग उस पर भरोसा न कर लें। उन्हें बताते रहने के लिए मैंने अपने बारे में ज्यादा सोचा भी नहीं।'' जिस दिन उसने अपने पिता को अपने गर्भवती होने के बारे में बताया, उसी दिन उसे प्रसव-पीड़ा हो गई, जो समय से पहले थी। उसने एक लड़के को जन्म दिया, जो महीने भर में ही मर गया। वह अपरिपक्व एवं बीमार भी था। एक माह आठ दिन तक इंक्यूबेटर में रखने के बाद वह बच्चा मर गया। मनोवैज्ञानिक रूप से अस्वस्थ होने के कारण ओपरा कभी भी अपने बच्चे को देख नहीं पाईं।

□

परिवर्तन

गर्भावस्था के संत्रास के बाद ओपरा ने अपने जीवन को वापस पटरी पर लाने का निश्चय किया। शीघ्र ही उन्होंने पुन: स्कूल जाना शुरू किया। सोलह वर्षीया ओपरा के जीवन में परिवर्तन तब आया, जब उन्होंने माया एंजेलो की आत्मकथा का 'आई नो व्हाई द केज्ड बर्ड सिंग्स' पहली बार पढ़ी। इसने उनका दृष्टिकोण ही बदल दिया और उन्होंने बाद में कहा, ''मैंने इसे बार-बार पढ़ा। मैंने इससे पहले कभी कोई ऐसी पुस्तक नहीं पढ़ी थी, जो मेरे ही अस्तित्व को सही साबित करती थी।''

नैशविले के ईस्ट हाई स्कूल में प्रवेश करने के बाद वे बहुत सक्रिय हो गईं। वे अपनी कक्षा की उपाध्यक्ष तथा विद्यार्थी परिषद्, नाटक क्लब एवं 'राष्ट्रीय फॉरेंसिक लीग' की अध्यक्ष चुनी गईं। स्कूल में ओपरा 'राष्ट्रीय फॉरेंसिक लीग' से जुड़ गईं तथा प्रतियोगिता की तैयारी के लिए मिस हेयनेस के साथ नाटकीय व्याख्या पर घनिष्ठता के साथ काम किया। टेनेसी स्टेट फॉरेंसिक टूर्नामेंट को जीतना तथा राष्ट्रीय स्तर के लिए अहर्ता प्राप्त करना उनका लक्ष्य था। स्कूल में वे 'राष्ट्रीय फॉरेंसिक लीग' की सदस्या के लिए चयनित की गईं। वर्ष 1971 में युवाओं पर व्हाइट हाउस के एक सम्मेलन में भाग लेने के लिए उनका चयन किया गया।

''मैं वापस स्कूल चली गई, लेकिन किसी को भी पता नहीं चला।'' उन्होंने वर्ष 2007 में बताया, ''वरना मेरा जीवन ऐसा नहीं होता, जैसा था।''

जब वे स्कूल में थीं, तभी नैशविले के 'डब्ल्यू.वी.ओ.एल. रेडियो' से प्रसारण में अपने कॅरियर की शुरुआत की। कोलोराडो में व्हाइट हाउस सम्मेलन से लौटने के बाद नैशविले के डब्ल्यू.वी.ओ.एल. रेडियो स्टेशन में उनसे भेंटवार्त्ता का आग्रह किया। भेंटवार्त्ता के तुरंत बाद उनकी मुखर आवाज तथा उनकी ओजस्वी शैली से प्रभावित होकर उन्हें उस रेडियो के लिए काम करने का प्रस्ताव मिला। ओपरा के पार्ट टाइम काम करने के शीघ्र बाद ही अश्वेतों द्वारा संचालित तथा प्राथमिक रूप से अश्वेत श्रोताओंवाले स्टेशन को किसी ऐसे व्यक्ति की तलाश थी, जो उसका प्रतिनिधित्व 'मिस फायर प्रिवेंशन प्रतियोगिता' में करे। 'द मिस फायर प्रिवेंशन प्रतियोगिता' एक सौंदर्य प्रतियोगिता थी, जिसमें ओपरा के सिवाय सभी लड़कियाँ श्वेत थीं। यह पूछे जाने पर कि यदि वह यह प्रतियोगिता जीत जाती हैं तो इन पैसों का क्या करेंगी ? तो उन्होंने निर्णायक मंडल को बताया कि वह व्यय करनेवाली मूर्ख बनेंगी। भविष्य में अपने कॅरियर के बारे में पूछे जाने पर उन्होंने कहा कि वह प्रसारण के क्षेत्र में पत्रकार बनना चाहती हैं। ओपरा उस प्रतियोगिता में जीत गईं और उस प्रकार 'मिस फायर प्रिवेंशन' बननेवाली वह पहली अश्वेत महिला थीं। इसके बाद वे सौंदर्य प्रतियोगिता में पहली मिस 'ब्लैक नैशविले' बनीं

भविष्य में अपने कॅरियर के बारे में पूछे जाने पर उन्होंने कहा कि वह प्रसारण के क्षेत्र में पत्रकार बनना चाहती हैं। ओपरा उस प्रतियोगिता में जीत गईं और उस प्रकार 'मिस फायर प्रिवेंशन' बननेवाली वह पहली अश्वेत महिला थीं। इसके बाद वे सौंदर्य प्रतियोगिता में पहली मिस 'ब्लैक नैशविले' बनीं और बाद में एक अन्य सौंदर्य प्रतियोगिता में उन्हें 'मिस ब्लैक टेनेसी' के रूप में नामित किया गया और उन्हें हॉलीवुड-भ्रमण का पुरस्कार मिला।

और बाद में एक अन्य सौंदर्य प्रतियोगिता में उन्हें 'मिस ब्लैक टेनेसी' के रूप में नामित किया गया और उन्हें हॉलीवुड-भ्रमण का पुरस्कार मिला।

पत्रकारिता के क्षेत्र में ओपरा को पहला अनुभव डब्ल्यू.वी.ओ.एल. रेडियो स्टेशन से प्राप्त हुआ। सौंदर्य प्रतियोगिता के बाद उन्होंने अपनी ही आवाज को टेप की सहायता से सुनने के प्रस्ताव को स्वीकार कर लिया। इससे उन्हें समाचार वाचक की पार्ट टाइम नौकरी मिल गई। उन्नीस वर्ष की उम्र में नैशविले के डब्ल्यू.टी.वी. एफ—टी.वी. पर न्यूज एंकरिंग करनेवाली वह सबसे युवा तथा पहली अफ्रीकी-अमेरिकी महिला बन गईं। बाद में वे 'विज-टी.वी.' के 'सिक्स ओ क्लॉक न्यूज' की सह-परिचालक बनने के लिए बाल्टीमोर चली गईं। बाद में वे स्थानीय वार्त्ता प्रोग्राम 'पीपल आर टॉकिंग' की सह-संचालक बन गईं।

वर्ष 1970 में वह नैशविले के 'ब्लैक एल्कस क्लब' द्वारा आयोजित सार्वजनिक वक्तव्य प्रतियोगिता के अंतिम रूप से चयनित बारह प्रतियोगियों में से एक थीं, जो एक सेवा संगठन था और औपचारिक रूप से इसे 'इंप्रूव्ड बेनेवोलेंट प्रोटेक्टिव ऑर्डर ऑफ एल्कस ऑफ द वर्ल्ड' के नाम से जाना जाता था।

जब आपके सामने, जहाँ तक आपकी नजर जाती है, लोगों का अथाह समुद्र हो तो आप भयभीत नहीं होते हैं। ओपरा ने इकहत्तरवें ग्रैंड लाज कन्वेंशन में प्रतियोगिता जीत ली, जिससे मिसीसिपी के फायर के मेयर चार्ल्स एवर्स उसके उच्चतम पुरस्कार से सम्मानित हुए और उन्हें चार वर्ष के लिए कॉलेज की स्कॉलरशिप मिली।

"मुझे यह याद नहीं कि मैंने क्या कहा, लेकिन मेरा विषय था—'द नीग्रो, द कांस्टीट्यूशन एंड द यूनाइटेड स्टेट्स'। मैंने फिलाडेल्फिया में दस हजार लोगों के सामने बोला और मैं वहाँ वास्तव में बड़ी सहज महसूस कर रही थी। मैं हमेशा ही इस

बात के लिए चिंतित रहती थी कि मैं जब भी बोलने के लिए खड़ी होती हूँ तो कहीं मेरी स्लिप लटक तो नहीं रही थी, लेकिन दस हजार लोगों के सामने आपको महसूस होता है कि यदि वह लटक भी रहा है तो कोई देखेगा नहीं। जब आपके सामने, जहाँ तक आपकी नजर जाती है, लोगों का अथाह समुद्र हो तो आप भयभीत नहीं होते हैं। ओपरा ने इकहत्तरवें 'ग्रैंड लाज कन्वेंशन' में प्रतियोगिता जीत ली, जिससे मिसीसिपी के फायर के मेयर चार्ल्स एवर्स उसके उच्चतम पुरस्कार से सम्मानित हुए और उन्हें चार वर्ष के लिए कॉलेज की स्कॉलरशिप मिली।''

वर्ष 1971 में हाई स्कूल की शिक्षा प्राप्त करने के बाद वे आगे की पढ़ाई के लिए टेनेसी स्टेट यूनिवर्सिटी गईं। रंगभेद उनके जीवन में प्रबल था, यहाँ तक कि यह उनके कॉलेज के चयन में भी हावी रहा। उन्होंने टेनेसी स्टेट यूनिवर्सिटी में अपना नामांकन करवाया, जो निजी व अधिक प्रतिष्ठित फिस्क यूनिवर्सिटी की तुलना में ऐतिहासिक रूप से नैशविले का अश्वेत कॉलेज था। टेनेसी में अपने अध्ययन के दौरान ही उन्होंने प्रतिष्ठित 'मिस ब्लैक सौंदर्य प्रतियोगिता' में भाग लिया। यद्यपि वे प्रतियोगिता में रनर-अप रहीं, लेकिन उन्होंने निर्णायक मंडलों एवं श्रोताओं पर गहरा प्रभाव छोड़ा। टी.एस.यू. में वे भाषण एवं भाषा कला में अव्वल रहीं।

कॉलेज की शिक्षा के बाद उन्होंने रेडियो स्टेशन में पूर्णकालिक नौकरी शुरू की। सप्ताहांत के समाचार पढ़ना और बाद में सप्ताह भर समय-समय पर प्रसारित होनेवाले प्रोग्राम बनाकर वे 100 डॉलर प्रति सप्ताह कमाती थीं।

बाद में उन्हें डब्ल्यू.एल.ए.सी. नामक रेडियो स्टेशन में काम करने का अवसर मिला। शीघ्र ही वे इसके टेलीविजन चैनल 'डब्ल्यू.एल.ए.सी. टी.वी.' से संवाददाता तथा सह-परिचालक के रूप में जुड़ गईं। वे वहाँ कार्य करनेवाली प्रथम महिला तथा पहली अश्वेत महिला थीं। 150

डॉलर प्रति सप्ताह की तनख्वाह पर नियुक्त ओपरा नैशविले में टेलीविजन पर पहली बार वर्ष 1974 में प्रकट हुईं। आनेवाले वर्षों में टेलीविजन पर शहर की प्रथम अश्वेत महिला होने के कारण उन्होंने अनेक सम्मान प्राप्त किए। उन्हें महिला कार्यपालकों के राष्ट्रीय संघ द्वारा वर्ष की 'राष्ट्रीय महिला कार्यपालक' के लिए नामित किया गया। मिडिल टेनेसी बिजनेस एसोसिएशन ने उन्हें वर्ष की 'विलक्षण महिला उद्यमी' के रूप में सम्मानित किया और वर्ष 1975 में वर्ष की महिला के रूप में उन्होंने 'नीग्रो बिजनेस एंड प्रोफेशनल वीमेंस क्लब पुरस्कार' प्राप्त किया। नैशविले तीसवाँ सबसे बड़ा टेलीविजन बाजार होने के कारण ओपरा जैसे अनेक नए प्रसारकों के लिए प्रशिक्षण स्थल था।

मिडिल टेनेसी बिजनेस एसोसिएशन ने उन्हें वर्ष की 'विलक्षण महिला उद्यमी' के रूप में सम्मानित किया और वर्ष 1975 में वर्ष की महिला के रूप में उन्होंने 'नीग्रो बिजनेस एंड प्रोफेशनल वीमेंस क्लब पुरस्कार' प्राप्त किया। नैशविले तीसवाँ सबसे बड़ा टेलीविजन बाजार होने के कारण ओपरा जैसे अनेक नए प्रसारकों के लिए प्रशिक्षण स्थल था।

1970 के दशक में, विशेषकर बाल्टीमोर में, स्थानीय खबर टेलीविजन के लिए आय का प्रमुख साधन बन गया, जहाँ जेरी टर्नर हर रात डब्ल्यू.जे.जेड. टी.वी. पर कार्यक्रम का परिचालन करते थे। वर्ष 1976 में इस स्टेशन पर एक घंटे का समाचार संस्करण चलाने का निश्चय किया और टर्नर के साथ स्टेज सँभालने के लिए एक सह-परिचालक की तलाश की घोषणा की। उस समय बाल्टीमोर में टेलीविजन पर कुछ एक अश्वेत महिलाएँ ही थीं, जबकि शहर में अश्वेतों की बड़ी संख्या थी। इसी समय ओपरा का हृदय में आगमन हुआ। वह चीजों को सहज

ही ले लेती थीं और उनकी गैर-अनुभवी पृष्ठभूमि होने के कारण भद्दी गलतियाँ होती होंगी। शीघ्र ही यह स्पष्ट हो गया कि ओपरा समाचार वाचिका के रूप में उपयुक्त नहीं हैं। वे इतनी भावुक थीं कि संवाददाता नहीं बन सकती थीं, क्योंकि वह परिस्थितियों से प्रभावित हो जाती थीं। हर परिस्थिति के मानवीय पक्षों पर प्रतिक्रिया कर देती थीं।

"शहर में मुझे परिचित करने का यह बहुत ही अच्छा तरीका है। मैं दूसरों की तुलना में पड़ोस के बारे में ज्यादा ही जानती हूँ।" वे कहती हैं।

इस स्टेशन से जुड़ने के आठ माह बाद ही ओपरा को वर्ष 1977 में नौकरी से निकाल दिया गया। वे अब नहीं थीं। उनके अनुबंध-पत्र के अनुसार और 25 माह के वेतन का उन्हें वायदा किया गया था, लेकिन स्टेशन के लिए उनका कोई दायित्व नहीं था। फिर भी वह नौकरी छोड़ नहीं सकीं, क्योंकि उन्हें पैसों की जरूरत थी। इसलिए वे कोई भी काम कर लेतीं, जो उन्हें मिल जाता। 'गुडमॉर्निंग अमेरिका' के लिए स्थानीय महत्त्व के प्रोग्राम करने के अलावा वे सप्ताहांत के विशिष्ट प्रोग्राम की संवाददाता बन गईं। उन्हें शाम के प्रोग्राम परिचालक के पद से पदावनति दे दी गई, लेकिन एक नए स्टेशन प्रबंधक ने सुबह के एक प्रोग्राम 'पीपल ऑर टाकिंग' के सह-संचालक रिचर्ड शेर के साथ

'गुडमॉर्निंग अमेरिका' के लिए स्थानीय महत्त्व के प्रोग्राम करने के अलावा वे सप्ताहांत के विशिष्ट प्रोग्राम की संवाददाता बन गईं। उन्हें शाम के प्रोग्राम परिचालक के पद से पदावनति दे दी गई, लेकिन एक नए स्टेशन प्रबंधक ने सुबह के एक प्रोग्राम 'पीपल ऑर टाकिंग' के सह-संचालक रिचर्ड शेर के साथ उनके लिए एक खंड ढूँढ़ निकाला। चूँकि उन्हें वार्त्ता कार्यक्रम करने में आनंद आता था, इसलिए उन्होंने अनेक वर्षों तक वह नौकरी की।

उनके लिए एक खंड ढूँढ़ निकाला। चूँकि उन्हें वार्त्ता कार्यक्रम करने में आनंद आता था, इसलिए उन्होंने अनेक वर्षों तक वह नौकरी की।

वर्ष 1984 में ओपरा 'डब्ल्यू.एल.एस. टी.वी.' के प्रातःकालीन वार्त्ता प्रोग्राम 'ए.एम. शिकागो' का संचालन करने के लिए शिकागो चली गईं। यह प्रोग्राम प्रथम श्रेणी का स्थानीय वार्त्ता प्रोग्राम बन गया और प्रोग्राम शुरू करने के एक माह के भीतर ही उसने रेटिंग में 'दोनाहू' को भी पीछे छोड़ दिया। एक वर्ष से भी कम समय में इस प्रोग्राम का विस्तार करके इसे एक घंटे का बना दिया गया और इसका नाम 'दि ओपरा विनफ्रे शो' रखा गया। यह प्रोग्राम सन् 1986 में राष्ट्रीय सिंडिकेट में शामिल हो गया और टेलीविजन के इतिहास में इसे उच्चतम श्रेणी का माना गया। वर्ष 1988 में उन्होंने 'हार्पो स्टूडियो' की स्थापना की और इसके साथ ही अमेरिकी मनोरंजन उद्योग में अपना स्वयं का स्टूडियो स्थापित करनेवाली (मेरी पीकफोर्ड तथा लुसिलवाल के बाद वे तीसरी महिला बन गईं। कैलिफोर्निया जाने से पहले वे शिकागो में 25 वर्षों तक रहीं)।

□

दि ओपरा विनफ्रे शो

"मुझे एक युवक के रूप में ओपरा का शो देखने के लिए हाई स्कूल से घर आना याद है। उन्होंने हमें महिलाएँ क्या अनुभव करती हैं, इस बारे में बहुत कुछ बताया। यह काफी सूचनाप्रद था। हम उनसे प्यार करते हैं।"

—अज्ञात

शिकागो के दर्शकों के लिए दैनिक वार्त्ता प्रोग्राम करनेवाली एक अश्वेत भारी-भरकम महिला नई थी और उन्हें यह नया अनुभव अच्छा लग रहा था। अन्य वार्त्ता प्रोग्राम के संचालकों की गंभीर शैली के आदी दर्शकों के लिए ओपरा विनफ्रे का अपरिष्कृत मजाक एक आघात था। दिन के अन्य प्रोग्राम से भिन्न ओपरा का प्रोग्राम तात्कालिक एवं बिना अभ्यास किए हुए होता था।

"प्राय: मैं होम वर्क नहीं करती हूँ।" ओपरा ने कहा, "मैंने वास्तव में अपने लिए तथा साक्षात्कार की अपनी शैली के लिए यह सीखा है। मैं जितना कम तैयार करती हूँ, उतना ही अच्छा है; क्योंकि आज लोग जिसे ओपरा की सफलता बता रहे हैं, वह मेरा होना ही है और बस, यही है।" सफलता से कभी भी अभिभूत न होनेवाली ओपरा हमेशा ही आत्मविश्वास से भरपूर रही हैं, विशेषकर उनके प्रतिद्वंद्वी टी.वी. शो संचालक दोनाह्यू के शिकागो से न्यूयॉर्क सिटी चले जाने के बाद तो और भी।

यदि कोई व्यक्ति यह देखता कि कोई विशेष विषय कितनी बार उनके प्रोग्राम का विषय रहा है तो 'मोटापा' विजेता बनेगा। वे अपने प्रोग्राम में प्राय: व्यायाम तथा संगठित होने के महत्त्व पर बातें करती हैं; जबकि वे पत्रिका में अपने विचार लिखने के बारे में बात करती हैं, ताकि जरूरत से ज्यादा खाने की आदत पर नियंत्रण किया जा सके। उन्हें पहली बार राष्ट्रीय स्तर पर लोकप्रियता 'न्यूज वीक' में मिली, जब उन्होंने रेटिंग में फिल डोनोह्यू को भी पीछे छोड़ दिया। वे राष्ट्रीय समाचार पत्रिका में पूरे एक पृष्ठ का विशेष स्थान मिलने पर रोमांचित थीं।

बहुत कम समय में ओपरा शिकागो में तात्कालिक सनसनी बन गईं। सड़कों पर लोग भागते हुए रेस्तराँ में उन्हें खाते हुए देखने के लिए घुस जाते। शीघ्र ही वे शहर की सबसे लोकप्रिय प्रतिष्ठित व्यक्ति बन गईं। उन्हें ऐसे समय सफलता मिली, जब रेटिंग में गेराल्डो रिवेरा के 'ट्रैश टीवी' का प्रभुत्व होता था; लेकिन उनका प्रोग्राम कुछ अलग ही था। यह करुणामय, सहानुभूतिशील तथा प्रेरक था। जैसे-जैसे इस प्रोग्राम की लोकप्रियता बढ़ती गई, ये गुण इस प्रोग्राम से जोड़कर देखे जाने लगे। जीवन के प्रति उनका उत्साह हर व्यक्ति से जुड़ने का उनका एक तरीका था और अंतत: '90 के दशक

यह ओपरा की ही क्षमता थी कि वे हर कहानी में कुछ ऐसी चीज ढूँढ़ लेती थीं, जिससे कि उनके श्रोता उनके साथ अपना जुड़ाव महसूस करते थे। वर्ष 1992 में एक प्रोग्राम के दौरान आँखों के रंग के आधार पर श्रोताओं को अलग करने से लेकर कि लोगों की जातीयता के अनुभवों को समझ सकें, अपने बचपन में यौन उत्पीड़न के अनुभवों तक ओपरा ने हर चीज को इतना व्यक्तिगत बना दिया कि श्रोता अपने आपको ओपरा के प्रति आकर्षित होने से नहीं रोक सके।

में इसने दिन के समय के प्रोग्राम को परिभाषित किया।

यह ओपरा की ही क्षमता थी कि वे हर कहानी में कुछ ऐसी चीज ढूँढ़ लेती थीं, जिससे कि उनके श्रोता उनके साथ अपना जुड़ाव महसूस करते थे। वर्ष 1992 में एक प्रोग्राम के दौरान आँखों के रंग के आधार पर श्रोताओं को अलग करने से लेकर कि लोगों की जातीयता के अनुभवों को समझ सकें, अपने बचपन में यौन उत्पीड़न के अनुभवों तक ओपरा ने हर चीज को इतना व्यक्तिगत बना दिया कि श्रोता अपने आपको ओपरा के प्रति आकर्षित होने से नहीं रोक सके।

समय के साथ ही यह प्रोग्राम उन ख्याति-प्राप्त व्यक्तियों के लिए एक ऐसा मंच बन गया, जिसके माध्यम से वे अपने जीवन के उन पक्षों को श्रोताओं के सामने लाते थे, जिनसे वे प्राय: अनभिज्ञ होते थे। उदाहरण के लिए, इस प्रोग्राम में टॉम, क्रूज ने केटी होल्मस के साथ अपने संबंधों पर चर्चा की तथा माइकल जैक्सन ने अपने नेवरलैंड क्षेत्र के बारे में अपने जीवन से जुड़ी अफवाहों का भंडाफोड़ किया। उन सबसे ज्यादा लोकप्रिय वह था, जब साइकिल सवार लैंस आर्मस्ट्रांग ने सार्वजनिक रूप से अपमिश्रण को स्वीकार किया, जिसका वे वर्षों से खंडन करते आ रहे थे। उन ख्याति-प्राप्त व्यक्तियों में, जिनकी ओपरा के साथ उपस्थिति ने टेलीविजन पत्रकारों का ध्यान आकर्षित किया, वे थे ओलंपिक चैंपियन स्केटर ओस्काना बैऊल, जिसका कारण मद्यपान को लेकर उनकी ओपरा के साथ असहमति थी। यद्यपि प्रोग्राम में शामिल होनेवाला हर व्यक्ति ख्याति-प्राप्त नहीं था।

स्पष्ट व भावात्मक विषय इसकी कुछ असामान्य स्वीकारोक्ति थे। उदाहरण के लिए, हाल ही का विषय था—वे पति, जो यौन संबंध बदलते रहते हैं। इसी एपिसोड में ओपरा की प्रस्तुत की कई विलक्षण विशेषताओं को दिखाया गया, जिसके कारण उनका विशाल श्रोता वर्ग है। उनकी स्वाभाविक क्षमता घनिष्ठ बातचीत में निहित है, एक

11 जनवरी, 1995 को एक एपिसोड के निर्माण के दौरान वे रो पड़ीं और यह लज्जाजनक स्वीकारोक्ति की, ''मैंने तुम्हारे लिए नशे की व्यवस्था की।'' उस माँ के सामने की, जो कोकीन फोड़ने की अपनी लत के बारे में बात कर रही थी। ''यह मेरे जीवन का एक बहुत बड़ा रहस्य है, जो हमेशा मेरे मन में घुमड़ता रहता है।'' उन्होंने आगे बताया।

ऐसी विशेषता, जो महिलाओं के वार्त्तालाप में सामान्य होती है। 11 जनवरी, 1995 को एक एपिसोड के निर्माण के दौरान वे रो पड़ीं और यह लज्जाजनक स्वीकारोक्ति की, ''मैंने तुम्हारे लिए नशे की व्यवस्था की।'' उस माँ के सामने की, जो कोकीन फोड़ने की अपनी लत के बारे में बात कर रही थी। ''यह मेरे जीवन का एक बहुत बड़ा रहस्य है, जो हमेशा मेरे मन में घुमड़ता रहता है।'' उन्होंने आगे बताया।

ओपरा दिन के समय राष्ट्रीय टेलीविजन पर अपना वार्त्ता प्रोग्राम सफलतापूर्वक संचालित करनेवाली पहली अश्वेत महिला बन गईं, यद्यपि डेलारिस ने वर्ष 1969 से 1970 तक दिन के समय के वैरायटी शो का संचालन किया था। ओपरा का पदार्पण उस समय हुआ, जब प्रसारण की दुनिया में अंततः अफ्रीकन-अमेरिकन सफल हो रहे थे। एक अश्वेत महिला के रूप में उन्हें उपयुक्त कार्यों से लाभ मिला, लेकिन उन्होंने टेबल पर अपने प्रदर्शन में भी अथाह विशिष्ट योग्यता प्राप्त की। वे अपने आपकी पहले एक महिला और उसके बाद एक अश्वेत महिला के रूप में पहचान कराती हैं, लेकिन एक अश्वेत प्रवक्ता के रूप में नहीं।

'दि ओपरा विनफ्रे शो' ने 25 वर्षों तक अपने दर्शकों का मनोरंजन किया। अमेरिका में एक सप्ताह तो इसके दर्शकों की संख्या 4 करोड़ तक पहुँच गई और यह शीर्ष श्रेणी का शो बन गया तथा अंतरराष्ट्रीय स्तर पर

150 देशों को इसके प्रसारण की अनुमति दी गई। 25 वर्षों के संचालन के बाद इस शो का समापन शिकागो के यूनाइटेड सेंटर में दो भाग में बनी फिल्म के साथ किया गया, जिसको 13 हजार दर्शकों तथा बियोनसे एवं एरेका फ्रेंकलिन जैसे ख्याति-प्राप्त व्यक्तियों द्वारा उन्हें विदाई दी गई। अंतिम एपिसोड 25 मई, 2011 को स्टूडियो के भीतर ही बनाया गया, जिसमें 'मोर हाउस' के विद्यार्थी शामिल हुए, जिन्हें वह छात्रवृत्ति मिली थी, जिसके लिए पैसे इकट्ठे करने में उन्होंने मदद की थी।

जहाँ तक टेलीविजन के क्षेत्र में उनकी भविष्य की योजना की बात है तो उनकी वेबसाइट में बताया गया है—

''वर्ष 2008 में ओपरा तथा डिस्कवरी कम्यूनिकेशंस ने 'ओ. डब्ल्यू.एन. ओपरा विनफ्रे नेटवर्क' बनाने की योजना की घोषणा की, जो पहला और एकमात्र ऐसा नेटवर्क था, जिसे एक अकेली प्रतिष्ठित नेता द्वारा प्रेरित तथा उनके नाम पर बनाया गया था। ओपरा के हृदय एवं उनकी रचनात्मक प्रतिभा ने ब्रांड को अवगत करा दिया तथा चैनल के प्रति आकर्षण को भी। ओपरा योजना बनाने में अपना नेतृत्व देती हैं तथा शीर्ष समय में उनसे जुड़ने के लिए वे श्रेष्ठतम प्रतिभाओं को आकर्षित करती हैं। इस प्रकार समान विचारधारावाले दर्शकों का एक वैश्विक समुदाय बनाकर उसे सोशल मीडिया तथा उससे परे जुड़ने के लिए प्रेरित किया। यह 'ऑन हार्पो इंक'

वर्ष 2008 में ओपरा तथा डिस्कवरी कम्यूनिकेशंस ने 'ओ.डब्ल्यू.एन. ओपरा विनफ्रे नेटवर्क' बनाने की योजना की घोषणा की, जो पहला और एकमात्र ऐसा नेटवर्क था, जिसे एक अकेली प्रतिष्ठित नेता द्वारा प्रेरित तथा उनके नाम पर बनाया गया था। ओपरा के हृदय एवं उनकी रचनात्मक प्रतिभा ने ब्रांड को अवगत करा दिया तथा चैनल के प्रति आकर्षण को भी।

तथा 'डिस्कवरी कम्युनिकेशंस' का साझा उपक्रम है। इस नेटवर्क का शुभारंभ 1 जनवरी, 2011 को हुआ और यह 8.5 करोड़ घरों में उपलब्ध है। इस उपक्रम में पुरस्कार प्राप्त डिजिटल प्लेटफॉर्म 'ओपरा डॉट कॉम' भी शामिल है। ओपरा जुलाई 2011 से प्रभावी इस नेटवर्क की अध्यक्ष, मुख्य कार्यकारी अधिकारी तथा मुख्य रचनात्मक अधिकारी भी हैं।

ओपरा का लाइफ क्लास विश्व भर के 200 देशों के लाखों विद्यार्थियों के लिए एक वास्तविक बहुमंचीय अनुभव है, जिसमें विद्यार्थी प्रसारण, ऑनलाइन तथा सोशल मीडिया के माध्यम से ओपरा के संपर्क में होते हैं। लोकप्रिय श्रृंखला में ओपरा तथा विशेष रूप से चुने गए विशेषज्ञ उन सिद्धांतों के बारे में प्रेरक वार्त्तालाप में विश्व भर के प्रशंसकों से संवाद करते हैं, जो हमारे जीवन को निर्देशित करते हैं। यह श्रृंखला, जो 'ओपरा डॉट कॉम' तथा फेसबुक पर भी जीवंत उपलब्ध है, में एक ऐसे क्लास रूम को दिखाया गया है, जिसमें पाठ्यक्रम के साथ ही एपिसोड के विषय भी शामिल हैं।''

□

ओपरा एवं फिल्म

हर कोई ओपरा विनफ्रे को उनके लंबे समय तक चलनेवाले एवं रिकॉर्ड तोड़नेवाले दिन के टेलीविजन शो 'दि ओपरा विनफ्रे शो' की वजह से पहचानता है और उनसे प्यार करता है; लेकिन टेलीविजन प्रोजेक्ट के अलावा उन्होंने छोटे एवं बड़े परदे के लिए फिल्में भी बनाई हैं और उन पर बननेवाली फिल्मों में भूमिकाएँ भी निभाई हैं। यहाँ उन परियोजनाओं एवं प्रस्तुतियों की सूची दी गई है, जिनमें उन्होंने भूमिकाएँ निभाई हैं—

द कलर परपल 1985 : यह फिल्म 'द कलर परपल' एलिस वॉकर के उपन्यास पर आधारित थी। इस फिल्म से न केवल उनके अभिनय के क्षेत्र में कॅरियर की शुरुआत हुई, बल्कि उनके साथ ही हूपी गोल्डबर्ग एवं डैनी ग्लोवर के कॅरियर का भी आरंभ हुआ। इसका निर्देशन स्टीफन स्पिलबर्ग ने किया था और विनफ्रे अपने दिन के लोकप्रिय शो में यह चर्चा करती हैं कि 'सोफिया की भूमिका को जीने के लिए उन्होंने अपनी शक्ति एवं सामर्थ्य के अनुसार जो कुछ भी संभव था, वह किया।'

इस फिल्म में श्रेष्ठ सहायक अभिनेत्री के उनके प्रदर्शन के लिए उन्हें 'एकेडमी अवार्ड' के लिए नामित किया गया। बाद में उन्होंने जेनिफर हडसन को नायिका के रूप में लेकर 'द कलर परपल' का एनवाइसी में ब्रॉडवे संस्करण बनाया।

नेटिव सन, 1986 : यह दूसरी फिल्म थी, जिसमें उन्होंने भूमिका

निभाई। सन् 1986 में बनी इस फिल्म में ओपरा ने भूमिका निभाई, जिसमें उनके अलावा मैटडिलन, एलिजाबेथ मैगगर्वन एवं विक्टर लव ने भी अभिनय किया।

यह फिल्म बिगर टॉमस की कहानी पर आधारित है, जो किसी समृद्ध परिवार में कार ड्राइवर की नौकरी करता है। घटनाओं की दुर्भाग्यपूर्ण शृंखला के बाद बिगर बिना किसी मंशा के अपने नियोक्ता की बेटी की हत्या कर देता है और पक्षपातपूर्ण पड़ताल से स्वयं को बचाने के लिए वह इस हत्या का दोष उसके मित्र पर डाल देता है। वह सोचता है कि सन् 1940 के शिकागो में उसे कोई अफ्रीकी-अमेरिकी मिल जाएगी।

बिलव्ड, 1998 : वर्ष 1998 में टोनी मॉरिसन के व्यापक रूप से प्रशंसित उपन्यास 'बिलव्ड' के बड़े परदे पर आने का ओपरा का सपना सच हुआ। 'द कलर परपल' में उनके सह-अभिनेता के साथ उन्होंने इस फिल्म में काम किया, जिसमें उन दोनों ने सेथे एवं पॉल की भूमिका निभाई। डेनवर एवं बिलव्ड के चरित्र के माध्यम से इसमें मॉरिसन की निर्भरता, व्यय तथा प्रगति की कहानी का रेखांकन किया गया है तथा इसे लोगों तक पहुँचाया गया है। यद्यपि आलोचकों ने फिल्म की प्रशंसा की है, लेकिन यह फिल्म आर्थिक रूप से ज्यादा सफल नहीं रही, क्योंकि बॉक्स ऑफिस पर इस बात का पहले से ही अनुमान था।

डेनवर एवं बिलव्ड के चरित्र के माध्यम से इसमें मॉरिसन की निर्भरता, व्यय तथा प्रगति की कहानी का रेखांकन किया गया है तथा इसे लोगों तक पहुँचाया गया है। यद्यपि आलोचकों ने फिल्म की प्रशंसा की है, लेकिन यह फिल्म आर्थिक रूप से ज्यादा सफल नहीं रही, क्योंकि बॉक्स ऑफिस पर इस बात का पहले से ही अनुमान था।

देयर आइज वेवर वॉचिंग डॉग, 2005 : यह फिल्म जोरा

नेलहर्सटन के 1937 के इसी के नाम के उपन्यास पर आधारित थी। यह फिल्म जेनी क्राउफोर्ड नाम की एक स्वतंत्र विचारोंवाली महिला की कहानी है। इसे ओपरा के 'हारपो प्रोडक्शन' द्वारा बनाया गया था और इसमें 'अकादमी पुरस्कार' विजेता हेलबेरी मेकाम ने भूमिका निभाई है।

शैरलॉटस वेब, 2006 : इस फिल्म में ओपरा ने जूलिया रॉबट्र्स, स्टीव बससेभी, जॉन क्लिंज, दफोता फैनिंग, केटी बेटस तथा रॉबर्ट रेडफोर्ड के साथ काम किया है। यह फिल्म इसी नाम के बच्चों के उपन्यास पर आधारित है।

ओपरा ने 'खलिहान' में गुसी द गूस नामक चरित्र में अपनी आवाज दी है, जहाँ अतिप्रिय सूअर विल्बर और मकड़ी शैरलॉट परिवार के रात्रि भोजन की थाली से विल्बर को दूर रखने की योजना बनाते हैं। स्वर कलाकार के रूप में यह फिल्म ओपरा की पहली कृति थी।

वी मूवी, 2007 : वर्ष 2007 में चालित फिल्म 'बी मूवी', जिसमें जेरी सेनफिल्ड, रेने जेलवेगर तथा मैथ्यू ब्रॉडरिक की आवाज अभिनेता के रूप में प्रस्तुत की गई है। इस फिल्म में ओपरा ने जज बैंबडटन की भूमिका निभाई। इस फिल्म में एक मधुमक्खी (सैनफिल्ड) बेरी वी बेनसन की कहानी पर आधारित है, क्योंकि वह शहद की चोरी के मामले में अपनी श्रेष्ठ मित्र एडम फलेमैन (ब्रॉडरिक) तथा अपनी मानव साथी वनिसा ब्लूम (जेलवेगर) की सहायता से विश्व के विरुद्ध मुकदमा कर देती है। इस फिल्म में उनकी आवाज तथा उनकी लोकप्रियता का प्रयोग

वर्ष 2007 में चालित फिल्म 'बी मूवी', जिसमें जेरी सेनफिल्ड, रेने जेलवेगर तथा मैथ्यू ब्रॉडरिक की आवाज अभिनेता के रूप में प्रस्तुत की गई है। इस फिल्म में ओपरा ने जज बैंबडटन की भूमिका निभाई।

किया गया है। यहाँ उन्होंने बेनसन बनाम विश्व मामले में न्यायाधीश की भूमिका निभाई है।

द प्रिंसेस एंड द फ्रॉग, 2009 : 'द प्रिंसेस एंड द फ्रॉग' नामक वर्ष 2009 की इस फिल्म में ओपरा की आवाज मुख्य चरित्र प्रिंसेस टिआना की माँ इयूडोरा के रूप में प्रस्तुत की गई है। यह डिजनी फिल्म हस्त–आरेखित चित्रों की ओर वापसी थी, जो न्यू ओर्लिएंस की युवा राजकुमारी तथा राजकुमार मेढक के साथ उसके अनुभवों की कहानी पर आधारित है।

□

ओपरा के जीवन में एक दिन

ओपरा के प्रशंसक हमेशा ही यह जानने के लिए उत्सुक रहते हैं कि प्रतिदिन ओपरा के रूप में जागना कैसा लगता है ? लेकिन फिर भी, ओपरा काफी सरल जीवन जीती हैं। आश्चर्य हुआ ? और अधिक जानकारी के लिए इसे पढ़िए।

ओपरा की शैली में ग्रीष्म ऋतु

कुछ भी अनोखा नहीं है। ओपरा के लिए ग्रीष्म ऋतु ऐसी है, जिसमें वे थोड़ा देर से सोती हैं, थोड़ा ज्यादा देर तक पढ़ती हैं, तत्क्षण दोपहर के भोजन के लिए किसी पुराने मित्र को बुलाती हैं। वे बाहर बगीचे में मेढक की टर्र-टर्र तथा झींगुर की चरचराहट का आनंद लेती हैं। ग्रीष्म ऋतु का मतलब है—ओपरा के सलाद के लिए ताजे फल और सब्जियों की उपलब्धता। यह है, जब लंबी पैदल-यात्रा तथा सामने बरामदे में रखी सुंदर झूलनेवाली कुरसी पर बैठकर धूप सेंकने का समय। यह दिन की समाप्ति पर गुलाबी वाइन का गिलास लेकर बैठने का समय होता है। यह इंद्रियों के आह्वान का समय होता है, विशेषकर आनंद के लिए।

बहुत ज्यादा मोहक जीवन नहीं

अपने कुत्तों के साथ उनकी बड़ी घनिष्ठता है, जो सुबह-सवेरे उनके बिछावन पर कूदकर उनका अभिवादन करते हैं। यह उन्हें यह बताने का

उनका तरीका है कि वे सैर के लिए तैयार हैं। इस प्रकार, उनके दिन की शुरुआत उन्हें घुमाने-फिराने के साथ होती है।

एक अच्छी शुरुआत

कभी-कभी ग्रीष्म ऋतु की शुरुआत में ओपरा तालाब के किनारे चिंतन करती हैं। कभी-कभी चिंतन के साथ वे अखबार भी पढ़ती हैं। यह ऐसा है, मानो वे अपने आप में तथा साथ ही विश्व के लिए भी सक्रिय होती हैं।

सस्ता रोमांच

अखबार पढ़ने के बाद वे नाश्ता करती हैं। उनका नाश्ता प्रायः सब्जियों का शरबत या छोटे-छोटे पालक तथा एवोकाडो के साथ एक उबला अंडा होता है और इसके बाद वे एक बड़ा कप चाय का पीती हैं।

सांसारिक आनंद

'मैंने कभी भी सलाद के पत्ते का पौधा नहीं रोपा, जिसे मैं पसंद नहीं करती। शिकागो में मैं बची-खुची सब्जियाँ फेंक देती, लेकिन जब मैं कोई चीज उगाती तो मुझे यह बाध्यता महसूस होती कि या तो उसे खा लें या उसे पड़ोसियों के साथ बाँट लें। जमीन के इतने छोटे से टुकड़े से भी आपको प्रचुर उत्पाद मिलता है। गोभी का एक पत्ता रोमांच है, तो क्यों न खुशी फैलाएँ!' ओपरा कहती हैं।

अपने बगीचे में ही वे अपना समय अपने प्रिय माली के साथ अपने आई फोन में सरल फोटो लेकर बिताती हैं।

दैनिक सारणी

''जागने के साथ मेरी पहली साँस हमेशा धन्यवाद होती है।''

अपनी दैनिक समय सारणी के बारे में पूछे जाने पर ओपरा ने बताया। नीचे उनकी दिनचर्या की एक झलक दी गई है—

मैंने कभी भी सलाद के पत्ते का पौधा नहीं रोपा, जिसे मैं पसंद नहीं करती। शिकागो में मैं बची-खुची सब्जियाँ फेंक देती, लेकिन जब मैं कोई चीज उगाती तो मुझे यह बाध्यता महसूस होती कि या तो उसे खा लें या उसे पड़ोसियों के साथ बाँट लें। जमीन के इतने छोटे से टुकड़े से भी आपको प्रचुर उत्पाद मिलता है। गोभी का एक पत्ता रोमांच है, तो क्यों न खुशी फैलाएँ! ओपरा कहती हैं।

6 बजे सुबह : ओपरा जागने के लिए कभी भी अलार्म नहीं लगाती हैं। उन्हें ऐसी चीजों पर कभी भी भरोसा रहा नहीं है। उनके लिए अलार्म है घबरा देनेवाला। कितने बजे जागना है, वे इस बात को अपने मन में रखती हैं और उससे पहले ही जाग जाती हैं—कभी-कभी प्राय: 6.02 से 6.20 के बीच, क्योंकि उनके कुत्ते उस समय बाहर जाने के लिए प्रशिक्षित हैं। वे कूदती हैं, मुँह धोती हैं और फिर कुत्तों को उनका दैनिक कार्य पूरा करवाने के लिए ले जाती हैं। वे चाय या कॉफी बनाती हैं और फिर सैर के लिए जूते पहनती हैं।

"कल मैं 6 बजे उठी। मैं 5.30 बजे उठने वाली थी, लेकिन 1 बजे रात को मैंने सुरक्षा को यह बताने के लिए ई-मेल भेजा कि 'मुझे आधा घंटा और दीजिए।' मैं 6.30 बजे अपने कार्यालय पहुँची और ऑफिस की निचली मंजिल पर स्थित जिम में ट्रेडमिल पर व्यायाम करने लगी। (जब मैं ट्रेडमिल पर थी) मैं अपने आईपैड पर कंप्यूटर के साथ ही स्क्रैबल खेलती।" ओपरा ने बताया।

7.30 बजे सुबह : वे अपने घर की निचली मंजिल में स्थित जिम में जाती हैं। तब तक 'आई ओपनर' सी.बी.एस. पर आ जाता है। वे

> ***वे अपने घर की निचली मंजिल में स्थित जिम में जाती हैं। तब तक 'आई ओपनर' सी.बी.एस. पर आ जाता है। वे देखती हैं कि गायले (किंग) ने 'आई ओपनर' में क्या पहना है। उनके पास एक शानदार अंडाकार ऑक्टेन मशीन है, जो पावर मूवर की तरह—कोई भी व्यक्ति अपने कदमों की लंबाई तथा बाजू की गति को बढ़ा सकता है।***

देखती हैं कि गायले (किंग) ने 'आई ओपनर' में क्या पहना है। उनके पास एक शानदार अंडाकार ऑक्टेन मशीन है, जो पावर मूवर की तरह—कोई भी व्यक्ति अपने कदमों की लंबाई तथा बाजू की गति को बढ़ा सकता है। उस अंडाकार मशीन पर वे 20 मिनट व्यायाम करती हैं और ट्रेड मिल पर 30 मिनट तक चलती हैं। उसके बाद वे लेवल तीन की ढाल सेटिंग पर व्यायाम शुरू करती हैं और इस ढाल को वे हर मिनट बढ़ाती जाती हैं, जब तक कि वह 12 या 15 नहीं हो जाता। इसके बाद वह सिट-अप करती हैं।

सुबह 8 बजे : वे या तो टहलती हैं या बैठकर चिंतन करती हैं। उन्हें अपने घर में खिड़की के साथवाली जगह या बाहर बालकॉनी में बैठना पसंद है। यदि वे होटल में होती हैं तो बस, कुरसी पर बैठ जाती हैं। यदि उने पास समय होता है तो वे 20 मिनट तक व्यायाम करती हैं। यदि वे जल्दी में होती हैं तो 10 से 12 मिनट तक व्यायाम करती हैं। वे नाश्ते में मध्यम स्तर तक उबले हुए अंडे तथा बहु-अन्नवाली सिंकी ब्रेड खाती हैं। ओपरा ने वास्तव में यह देखा कि हाल ही में वह नाश्ता 8.38 बजे कर रही हैं और इसके बाद वे थोड़ा विटामिन 'डी' लेती हैं।

सुबह 9 बजे : वे नाश्ते के दौरान अपनी सारणी को देखती हैं। उन्हें फोन कॉल्स आती हैं और वे वीडियो कॉन्फ्रेंसिंग करती हैं, अपने बैंक का हिसाब देखती हैं, व्यावसायिक लेन-देन करती हैं तथा वित्तीय

कार्य करती हैं। जब वे घर पर होती है तो कोशिश करती हैं कि इस तरह के सारे काम दोपहर तक या 12.30 बजे तक हो जाएँ, क्योंकि उस समय न्यूयॉर्क में शाम के 3 बज रहे होते हैं और इसके शीघ्र बाद ही बैंक बंद हो जाते हैं।

''मैं सब्जियों से तैयार पेय पीती हूँ, जिसमें पालक, धनिया, थोड़ा-सा सेब का रस, सलाद के पत्ते तथा खीरे को मिलाकर ब्लेंडर में पीसती हूँ और फोन कॉल्स करती हूँ। मुझे अफ्रीका में भी कॉल करना पड़ता है, और यह काम आपको वहाँ सभी के सोने जाने से पहले करना होता है।'' ओपरा बताती हैं।

सुबह 11.30 बजे : ''मैं सब्जियों से तैयार पेय पीती हूँ, जिसमें पालक, धनिया, थोड़ा-सा सेब का रस, सलाद के पत्ते तथा खीरे को मिलाकर ब्लेंडर में पीसती हूँ और फोन कॉल्स करती हूँ। मुझे अफ्रीका में भी कॉल करना पड़ता है, और यह काम आपको वहाँ सभी के सोने जाने से पहले करना होता है।'' ओपरा बताती हैं।

दोपहर 12.30 बजे : ''मैं मेकअप की कुरसी पर वापस आती हूँ। मुझे देर हो रही थी और उसके बाद मैंने बारबरा स्ट्रेसैंड के साथ एक शो किया।'' ओपरा कहती हैं।

दोपहर 1 बजे : कभी-कभी दोपहर का भोजन सुबह की वजह से जल्दी करना पड़ जाता है, लेकिन उन्हें दोपहर का भोजन 1 बजे के आसपास करना पसंद है। उस समय वे सूप और ढेर सारा सलाद खाती हैं। सलाद प्राय: उनके बगीचे की सब्जियों से ही तैयार होता है। घर में उनका एक नियम है—यदि वह सब्जियाँ उगा सकती हैं तो उन्हें खरीदती नहीं हैं। वे अपने बगीचे में हर चीज का प्रयोग करती हैं, यदि उसका आशय उसे सड़क पर लोगों को देना हो तो भी।

दोपहर 2 बजे : इसके बाद उनके दिन का शेष समय होता है। जब वे फोन कॉल्स से फ्री होती हैं तो उनकी अपनी टीम के साथ वीडियो कॉल होती है, जो ग्रीन लीफ (ओ.डब्ल्यू.एन. की नाटक शृंखला, जिसमें विनफ्रे की नियमित अभिनय भूमिका होती है) के विपणन के बारे में होती है तथा वे लेखक के कमरे में जाक क्रैग राइट निर्माता के साथ फोन कॉल पर होती हैं। बाद में उनका अवा (डूबर्ने) के साथ वार्त्तालाप होता है, क्योंकि अभी वे क्वीन सूगर के बारे में 'ए रिंकल इन टाइम' की शूटिंग में व्यस्त हैं।

''मैं ऊपर आई, बैंक को कॉल किया कि यदि पैसों का कोई हस्तांतरण करवाने की जरूरत है, पैसों का कोई मामला है तो बताएँ। इसके बाद अगले सप्ताह के शो के लिए बैठक होती है, हमारे लिए क्या आ रहा है!'' ओपरा कहती हैं।

''मैं ऊपर आई, बैंक को कॉल किया कि यदि पैसों का कोई हस्तांतरण करवाने की जरूरत है, पैसों का कोई मामला है तो बताएँ। इसके बाद अगले सप्ताह के शो के लिए बैठक होती है, हमारे लिए क्या आ रहा है!'' ओपरा कहती हैं।

6 बजे शाम : यदि ओपरा घर पर अकेली होती हैं तो वे 6 बजे या 6.30 बजे रात्रि भोजन करना पसंद करती हैं। वे कभी-कभी स्टेडमैन (ग्राहम, विनफ्रे के लंबे समय से मित्र) तथा अपने लिए खाना बनाती हैं, लेकिन वे चार से ज्यादा लोगों का खाना नहीं बनाती हैं। वे जब खाना बनाती हैं तो चीजों की माप नहीं करती हैं, वे जैसे-जैसे काम करती हैं, अपने आप ही करती जाती हैं, इसलिए उनके लिए यह समझना मुश्किल होता है कि वे चार से ज्यादा लोगों को खिला रही हैं। कभी-कभी उनके अतिथि भी होते हैं, जैसे कि छुट्टियों में लड़कियों का झुंड। वे जोहांसबर्ग, दक्षिण अफ्रीका में 'ओपरा विनफ्रे लीडरशिप अकादमी' की स्नातक होती हैं, जो अब

यू.एस. के कॉलेज में पढ़ती हैं। इसलिए ऐसी स्थिति में रसोइया खाना बनाता है। वह हमेशा ही एक प्रोटीन, दो सब्जियाँ तथा एक कार्बोहाइड्रेट का खाना पसंद करती हैं। ओपरा एक कार्बोहाइड्रेट इसलिए लेती हैं, क्योंकि यदि वह सिर्फ प्रोटीन एवं सब्जियाँ ही लेने की कोशिश करती हैं तो उनके शरीर को लगता है कि वह इसे कम खाना दे रही हैं और फिर वह वेट-वॉचर्स प्वॉइंट का तीन गुना खा लेती हैं, क्योंकि कार्ब न मिलने की वजह से वह स्वयं को संतुष्ट करना चाह रही हैं। इसलिए वे चावल या पास्ता या पोलिंता या कुछ लेती हैं। प्रोटीन के रूप में वे प्राय: मछली या ग्रिल्ड या भुना हुआ चिकन लेती हैं।

मेरी बगल में जो लड़का था, वह 50 स्तर के नत पर था और मैं 10 पर थी। मुझे 10 पर ही रहने के कारण शर्मिंदगी हो रही थी, इसलिए मैं 20 पर चली गई। मैं तो मानो हाँफ रही थी; लेकिन मैं इसी स्तर को रखने वाली थी।'' ओपरा कहती हैं।

शाम 7.50 बजे : ''कल का दिन थोड़ा जल्दी हो गया, क्योंकि मैं 10 बजे तक (दुबारा) ट्रेडमिल पर थी। मैंने पहले ही सुबह में 45 मिनट ट्रेडमिल पर व्यायाम कर लिया था, इसलिए मैंने 30 मिनट किया, बल्कि स्क्रैबल का खेल खत्म करने में मुझे 34 मिनट लगे और मैं उसे पूरा करने के लिए 35 मिनट तक ट्रेडमिल पर रही। मेरी बगल में जो लड़का था, वह 50 स्तर के नत पर था और मैं 10 पर थी। मुझे 10 पर ही रहने के कारण शर्मिंदगी हो रही थी, इसलिए मैं 20 पर चली गई। मैं तो मानो हाँफ रही थी; लेकिन मैं इसी स्तर को रखने वाली थी।'' ओपरा कहती हैं।

शाम 8 बजे : वे रात को आग के नजदीक विश्राम करना चाहती हैं। उनके घर में रात में हर जगह अँगीठी जलती रहती हैं। विश्राम करने के लिए वे पढ़ती हैं। आजकल वे टेरी टेंपेस्ट विलियम्स की पुस्तक 'दि

आवर ऑफ लैंड' पढ़ रही हैं और उन्हें यह पुस्तक इतनी पसंद है कि उन्हें लगता है कि उनकी नई चीज उतना ही राष्ट्रीय पार्क देखने वाली है, जितना वह देख सकती है। वे एक इच्छा-सूची बना सकती हैं और उन्हें उसमें रख सकती हैं। इस समय उनके पास जो स्क्रिप्ट आ रही है, वे उसे भी पढ़ रही हैं।

शाम 8.50 बजे : "ऐसा शायद कभी नहीं होता; लेकिन हम लगभग उसी समय घर आए, जब स्टेडमैन (ग्राहम, ओपरा का लंबे समय का प्यार) आए। मैंने रात्रि भोजन में उनके लिए कुछ बनाया—बचा हुआ झींगा तथा चावल, सलाद के पत्ते तथा जैतून तेल से कुछ सलाद। मैंने कुछ ट्रफलस बनाया तथा रोजमेरी काटे। मैंने यह उनके लिए बनाया। मैंने बादाम व मक्खन से बना चावल का केक खाया। मैं कोशिश कर रही हूँ कि मैं 7.30 बजे के बाद खाना न खाऊँ। मैं रसोई में रखी टेबल पर बैठ गई और शायद 30 मिनट तक हमने बातें कीं, फिर मैं सोने चली गई।" ओपरा बताती हैं।

रात 10 बजे : इस समय तक वे प्राय: बिस्तर पर होती हैं और उनके बेड के साथ ढेरों आभार पत्रिकाएँ पड़ी होती हैं। सोने से पहले जो अंतिम काम वे करती हैं, वह ऐसी पाँच चीजें लिखती हैं, जिनसे उन्हें बड़ी खुशी मिली और जिसके लिए वे आभारी महसूस करती हैं। "मैं पुस्तकों का अपना छोटा-सा बंडल अपने बिछावन के पास ले गई। मैं यह समझने की कोशिश कर रही थी कि अगला बुक क्लब (चयन) कैसा होने वाला है!" (उन्होंने 'ग्रेट एक्सपेक्टेशन' तथा 'ए टेल ऑफ टू सिटीज' का चयन किया।)

रात 1.10 बजे : "बत्ती बंद।"

सुबह 5 बजे का ओपरा का नित्य कर्म

सफलता यह कहती है कि जल्दी नहीं उठना है। सुबह-सवेरे के

कुछ ही घंटों में बहुत कुछ हासिल किया जा सकता है, क्योंकि सुबह किए गए कार्य आपको जीवन में सफल होने के लिए तैयार करते हैं। निश्चित रूप से कई उद्यमी दिन के पहले कुछ घंटों में ही इतना काम कर लेते हैं, जितना हम जैसे औसत दरजे के व्यक्ति पूरे दिन में करते हैं। ओपरा द्वारा उन कुछ एक घंटों का उपयोग करने का उदाहरण तथा यह सुनिश्चित करना कि उस समय का योगदान महत्त्वपूर्ण होता है, अनेक व्यक्तियों के लिए प्रेरणा का स्रोत हो सकता है।

सफलता यह कहती है कि जल्दी नहीं उठना है। सुबह-सवेरे के कुछ ही घंटों में बहुत कुछ हासिल किया जा सकता है, क्योंकि सुबह किए गए कार्य आपको जीवन में सफल होने के लिए तैयार करते हैं। निश्चित रूप से कई उद्यमी दिन के पहले कुछ घंटों में ही इतना काम कर लेते हैं, जितना हम जैसे औसत दरजे के व्यक्ति पूरे दिन में करते हैं।

चिंतन

ओपरा इस क्रूर संसार के शोर-शराबों का सामना करने से पहले यह सुनिश्चित करती हैं कि गहरे चिंतन के माध्यम से वे अपने मस्तिष्क को कम-से-कम 20 मिनट का विश्राम दें। चिंतन की इस शक्ति को कम करके नहीं आँकना चाहिए, क्योंकि अनेक अन्य सफल एवं प्रतिष्ठित व्यक्तियों, जैसे एरियाना हफिंगटन, रसेल सिमनस भी चिंतन के प्रशंसक हैं। ओपरा से सुबह के चिंतन का एक सत्र पूरा करने के बाद जब उन्हें इस पर टिप्पणी करने के लिए कहा गया तो उन्होंने कहा, ''मैंने वापस जाते हुए स्वयं की, जैसी मैं आई थी, उसकी तुलना में अधिक परिपूर्ण पहचान आशाओं से पूर्ण, संतुष्टि की भावना तथा गहरा सुख अनुभव किया। इस बात के प्रति आश्वस्त होते हुए कि भागम-भाग वाली दिनचर्या में, जो

हम पर हर ओर से प्रहार करती है, फिर भी स्थिरता की निरंतरता है। उसी स्थिति में आप अपना श्रेष्ठ काम तथा अपना श्रेष्ठ जीवन बना सकते हैं।''

ओपरा बताती हैं कि वे अपने जिम में प्रतिदिन ट्रेडमिल पर व्यायाम करती हैं। व्यायाम अपने ही तरीके से अनेक सफल लोगों को अपनी दैनिक उत्पादकता तथा ऊर्जा स्तर को ऊँचा बनाए रखने में सहायक होता है और निस्संदेह यदि कार्यस्थल पर उनका दिन कठिनाई भरा हो तो व्यायाम काफी सहायक साबित होता है।

व्यायाम

ओपरा बताती हैं कि वे अपने जिम में प्रतिदिन ट्रेडमिल पर व्यायाम करती हैं। व्यायाम अपने ही तरीके से अनेक सफल लोगों को अपनी दैनिक उत्पादकता तथा ऊर्जा स्तर को ऊँचा बनाए रखने में सहायक होता है और निस्संदेह यदि कार्यस्थल पर उनका दिन कठिनाई भरा हो तो व्यायाम काफी सहायक साबित होता है।

यह सक्रिय होने का समय है

जहाँ तक संभव हो, स्वयं को श्रेष्ठ बनाने का हर व्यक्ति का अपना-अपना तरीका होता है। यह बस, अपना प्रिय गीत सुनकर या सैर के लिए बाहर जाकर अथवा स्वादिष्ट भोजन तैयार करके हो सकता है। ओपरा के लिए स्वयं को दिन के लिए सक्रिय करने का तरीका है कि वे अपने नए आई-पैड पर तब भी स्क्रैबल खेलती हैं, जब वे सैर कर रही होती हैं या धीरे-धीरे दौड़ रही होती हैं अथवा ट्रेडमिल पर व्यायाम कर रही होती हैं।

ओपरा स्वस्थ भोजन करती हैं

जबकि अनेक लोग अधिक चरबीदार भोजन करते हैं, जो शीघ्र ही व्यय हो जाता है और उसके बाद व्यक्ति थका हुआ महसूस करता है, ओपरा हर दिन स्वस्थ भोजन खाने को वरीयता देती हैं। उनके भोजन में

कार्बोहाइड्रेट, ढेर सारा फाइबर और प्रोटीन होता है। उसमें कुछ भी हो सकता है—हरा पेय पीने से लेकर, जो कि धनिया की पत्ती, थोड़ा-सा सेब का रस, सिलेरी तथा खीरा, खीरे के रस का मिश्रण होता है तथा अपनी विशिष्ट चाय हो सकती है।

ओपरा अपने ऑफिस पहुँचती हैं

ओपरा वह काम करती हैं, जो उन्हें करना पसंद है और वह काम वे जितना सुबह-सवेरे संभव हो, उस समय करती हैं। कभी-कभी तो वे दो शो की रिकॉर्डिंग सुबह के समय कर देती हैं।

इस तरह हम देखते हैं कि ओपरा अपने दिन की शुरुआत कैसे करती हैं!

ओपरा वह काम करती हैं, जो उन्हें करना पसंद है और वह काम वे जितना सुबह-सवेरे संभव हो, उस समय करती हैं। कभी-कभी तो वे दो शो की रिकॉर्डिंग सुबह के समय कर देती हैं।
इस तरह हम देखते हैं कि ओपरा अपने दिन की शुरुआत कैसे करती हैं!

ओपरा तथा विवाद

बड़े सार्वजनिक जीवन में बड़े विवाद भी आते हैं। अपने 25 वर्षों से भी अधिक लंबे कॅरियर में ओपरा के जीवन में बड़े विवाद आए। यहाँ उनके जीवन के कुछ सबसे ज्यादा महत्त्वपूर्ण विवादों की सूची दी गई है।

ओपरा बनाम सारा पॉलिन

जब वर्ष 2008 में अभियान के दौरान सारा पॉलिन का चयन जॉन मैक्केन उपराष्ट्रपति के चुनाव के लिए हुआ तो ओपरा के प्रशंसकों एवं उनके कर्मचारियों ने पॉलिन को उनके अपने शो पर आमंत्रित करने की सलाह दी; लेकिन अभियान के दौरान ओपरा ने सार्वजनिक रूप से राष्ट्रपति के पद के लिए बराक ओबामा का समर्थन किया। उन्होंने

अनेक अफवाह फैलानेवाली पत्रिकाओं तथा समाचार संगठनों का यह दावा है कि रिपब्लिकन पार्टी के टिकट पर राष्ट्रपति पद की उम्मीदवारी के लिए पहली बार मैदान में उतरी महिला को अपने शो में अतिथि के रूप आमंत्रित न करने के ओपरा के निर्णय के पीछे उनका राजनीतिक रुझान था। 16 नवंबर, 2009 को अंतिम बार पॉलिन अपनी स्मृति 'गोइंग रूग' पर चर्चा के लिए उनके शो में उपस्थित हुईं।

अपने प्रोग्राम को उम्मीदवारों के लिए राजनीतिक प्लेटफॉर्म के रूप में प्रयोग करने से मना कर दिया। उनके इस निर्णय से रिपब्लिकन पार्टी क्षुब्ध हो गई और उनसे असहमति जताते हुए कहा कि ओपरा का यह निर्णय पाखंड से भरा है। यद्यपि वर्ष 2006 में ओबामा उनके शो में आए थे, लेकिन ओपरा ने यह रेखांकित किया कि उस समय ओबामा ने राष्ट्रपति पद के लिए अपनी उम्मीदवारी की घोषणा नहीं की थी। अनेक अफवाह फैलानेवाली पत्रिकाओं तथा समाचार संगठनों का यह दावा है कि रिपब्लिकन पार्टी के टिकट पर राष्ट्रपति पद की उम्मीदवारी के लिए पहली बार मैदान में उतरी महिला को अपने शो में अतिथि के रूप आमंत्रित न करने के ओपरा के निर्णय के पीछे उनका राजनीतिक रुझान था। 16 नवंबर, 2009 को अंतिम बार पॉलिन अपनी स्मृति 'गोइंग रूग' पर चर्चा के लिए उनके शो में उपस्थित हुईं।

ओपरा बनाम गोमांस

वर्ष 1996 में पागल गायमय की पूरी अवधि के दौरान ओपरा ने अपने शो पर मवेशी-पालक से शाकाहारी बने हॉवर्ड लीमैन नामक व्यक्ति को गोमांस उद्योग में विवादास्पद पर्यवेक्षण पर चर्चा के लिए

आमंत्रित किया। इस प्रथा में गाय के अंगों को अन्य जानवरों के चारे में बदलना था। यद्यपि विनफ्रे ने लीमैन की कुछ अधिक सनक भरी घोषणाओं पर वाद-विवाद भी किया, जैसे कि यह रोग उतना ही संक्रामक हो सकता है, जितना कि एड्स। वे शो के बाद इसलिए रो पड़ीं कि इस तरह के विवरण के कारण उन्होंने गोमांस खाना छोड़ दिया है। इस एपिसोड के प्रसारण के अगले दो सप्ताह तक गोमांस की कीमतों में भारी गिरावट आई। इसकी कीमत दस वर्ष के निम्नतम स्तर पर पहुँच गई। टेक्सास के पशुपालकों द्वारा ओपरा के विरुद्ध मुकदमा कर दिया गया। उनकी टिप्पणियों का उनके दर्शकों पर कथित गहरे प्रभाव के कारण उनके (उनके दर्शकों) द्वारा गोमांस का सेवन बंद कर दिया गया। पशुपालकों ने उनके विरुद्ध 10.3 मिलियन डॉलर का मुकदमा कर दिया, लेकिन न्यायाधीशों ने पाया कि पशुपालकों को हुए नुकसान के लिए विनफ्रे जिम्मेदार नहीं हैं।

"स्वतंत्र अभिव्यक्ति न सिर्फ जीती है, बल्कि यह हिला देती है।" वर्ष 1998 में ओपरा ने संवाददाताओं को बताया। उन्होंने आगे बताया कि "मैं अभी भी हैमबर्गर नहीं खाती हूँ।"

ओपरा बनाम इराक युद्ध

यद्यपि ओपरा ने केवल बराक ओबामा की उम्मीदवारी के मामले में ही अपने राजनीतिक रुझान का सार्वजनिक रूप से समर्थन किया, जिसने व्यापक रूप से मीडिया का ध्यान आकर्षित किया; लेकिन ओपरा ने पहले ही राजनीतिक मामलों में दिलचस्पी लेनी शुरू कर दी थी। नवंबर 2002 के दौरान प्रसारित अनेक एपिसोडों के दौरान तथा वर्ष 2003 की वसंत ऋतु के समय ओपरा ने इराक में सद्दाम हुसैन के विरुद्ध अमेरिकी कार्रवाई के संभावित दुष्परिणामों के बारे में खुलकर बातें कीं। यह वह समय था, जब युद्ध के बारे में बातें तथा युद्ध की माँग हर

यह वह समय था, जब युद्ध के बारे में बातें तथा युद्ध की माँग हर गुजरते दिन के साथ जोर पकड़ती जा रही थीं, लेकिन ओपरा ने इस खबर को निकाल देना ही सही समझा और दो दिन का विशेष कार्यक्रम 'द वर्ल्ड स्पीक्स आउट ऑन इराक' विषय पर विदेश मंत्री कॉलिन पॉवेल के फरवरी 2003 में संयुक्त राष्ट्र संघ में दिए गए प्रमुख भाषण के बाद के दिन प्रसारण की योजना बनाई।

गुजरते दिन के साथ जोर पकड़ती जा रही थीं, लेकिन ओपरा ने इस खबर को निकाल देना ही सही समझा और दो दिन का विशेष कार्यक्रम 'द वर्ल्ड स्पीक्स आउट ऑन इराक' विषय पर विदेश मंत्री कॉलिन पॉवेल के फरवरी 2003 में संयुक्त राष्ट्र संघ में दिए गए प्रमुख भाषण के बाद के दिन प्रसारण की योजना बनाई। इस बात के बावजूद कि इस प्रसारण की श्रोताओं के युद्ध-विरोधी समूह द्वारा प्रशंसा की गई, अनेक सरकारी अधिकारियों ने प्रसारण के प्रति अपनी नाराजगी जाहिर की। यह भी अटकलें थीं कि बुश की सरकार ने विनफ्रे के शो के दौरान राष्ट्रपति तथा कॉलिन पॉवेल के साथ जान-बूझकर एक प्रेस कॉन्फ्रेंस बुलाने की योजना बनाई, ताकि उनके युद्ध-विरोधी संदेश का प्रभाव कम हो सके।

ओपरा तथा रहस्य

ओपरा से जुड़ा अगला विवाद तब शुरू हुआ, जब उन्होंने सबसे ज्यादा बिकनेवाली स्वयं सहायता पुस्तक 'द सीक्रेट' की सार्वजनिक रूप से प्रशंसा की, जिसे न्यू एज गुरु रांडे बायरन ने लिखा है। अपने शो के लगातार दो एपिसोड में इसका प्रमोशन करके वे परेशानी में फँस गईं। इस पुस्तक की मुख्य विषय-वस्तु यह है कि आप जीवन में जो कुछ भी

प्राप्त करना चाहते हैं, उसकी प्राप्ति का रास्ता सकारात्मक सोच है तथा नकारात्मक विचारों की परिणति बुरी घटनाओं के रूप में होती है। शीघ्र ही इस शो के निर्माता को किम तीनखाम नामक एक दर्शक की चिट्ठी मिली। इस शो के प्रसारण के बाद ही उसकी छाती के कैंसर का निदान हुआ। तीनखाम ने कीमोथैरैपी न करवाने का फैसला किया और बदले में इस पुस्तक में दी गई सलाह का पालन किया। ओपरा ने तीनखाम को मेडिकल साइंस के फायदे बताने के लिए अपने शो में आमंत्रित किया। तीनखाम 'पी.एच. मिराकल' नामक दूसरी पुस्तक का भी पालन करती रहीं और दिसंबर 2010 में मर गईं।

वर्ष 2003 में 'टाइम' मैगजीन को दिए गए एक साक्षात्कार में ओपरा ने कहा, ''मैंने पूरी तरह से असहज महसूस किया, क्योंकि मैं उनके मजाक का लक्ष्य थी।'' उन दोनों ने वर्ष 2005 की मैट में झगड़ा खत्म करने का फैसला किया। ओपरा 'द कलर परपल' के ब्राउडवे संस्करण के प्रीमियर से पहले लेटरमैन के शो में उपस्थित हुईं।

ओपरा बनाम लेटरमैन

''कृपया आप हमें यह बता सकते हैं कि क्या पता चला है?'' ओपरा ने डेविड लेटरमैन के साथ 'लेट शो' में उपस्थित होकर दिसंबर 2003 में यह पूछा। यह उन दोनों के बीच संबंधों को सुलझाने का प्रयास था। जब लेटरमैन ने 'अकादमी अवार्ड' 1995 का आयोजन किया तो उन्होंने धान्यमय 'उमा, ओपरा' मजाक किया। उन्होंने प्रकट रूप से विनफ्रे को उमा करमन से परिचित कराया। उन्होंने 'ओपरा लॉग' भी दिखाया, जिसमें उन्होंने इस बात की दैनिक डायरी रखी है कि उन्हें ओपरा के शो पर आमंत्रित किया गया है या नहीं। उसका विनफ्रे पर गलत तरीके से प्रभाव पड़ा। वर्ष 2003 में

'टाइम' मैगजीन को दिए गए एक साक्षात्कार में ओपरा ने कहा, ''मैंने पूरी तरह से असहज महसूस किया, क्योंकि मैं उनके मजाक का लक्ष्य थी।'' उन दोनों ने वर्ष 2005 की मैट में झगड़ा खत्म करने का फैसला किया। ओपरा 'द कलर परपल' के ब्राउडवे संस्करण के प्रीमियर से पहले लेटरमैन के शो में उपस्थित हुईं।

ओपरा तथा नकदी

22 जून, 2005 को ओपरा को पेरिस के आलीशान स्टोर 'हर्मिस' में प्रवेश करने से रोक दिया गया। हर्मिस के कर्मचारी उन्हें पहचान नहीं पाए और उन्हें निकल जाने को कहा। जब उनके प्रशंसक उस स्टोर का त्याग करने लगे तो उन्होंने अपने श्रोताओं को संबोधित करके स्थिति को सँभालने का फैसला किया। उन्होंने कहा कि हालाँकि वह स्टोर बंद होने ही वाला था, उसमें प्रकटत: अंदर कुछ ग्राहक थे। उन्होंने इस अनुभव को 'अपमानजनक' बताया और इस अनुभव को किसी भी व्यक्ति के लिए ऐसा ही बताया, ''जिसकी कभी भी इसलिए अनदेखी की गई हो, क्योंकि वह पर्याप्त रूप से फैशनेबल, चुस्त नहीं है या जिसकी श्रेणी या रंग सही नहीं है।'' स्टोर के अध्यक्ष रॉबर्ट शैवेज ओपरा से सार्वजनिक रूप से क्षमा-याचना करने के लिए उनके शो में उपस्थित हुए।

ओपरा बनाम जेम्स फ्रे

जेम्सफ्रे ने जब अपनी पुस्तक 'ए मिलियन लिटिल पीसेज' उपहार-स्वरूप ओपरा को दी तो वह फ्रे की कथित रूप से अर्थ-दोहन एवं शोधन की सच्ची कहानी से प्रभावित हुईं। ओपरा ने 'पीसेज' को वर्ष 2005 का आधिकारिक 'पुस्तक क्लब' चयन बनाने का फैसला किया और उसका पेपरबैक संस्करण शीघ्र ही 'न्यूयॉर्क टाइम्स' की सबसे ज्यादा बिकनेवाली सूची में शामिल हो गया तथा लगातार पंद्रह सप्ताह तक बना रहा।

बाद में यह पता चला कि कथित आत्मकथा वास्तव में तथ्य से ज्यादा कल्पना पर आधारित थी। जनवरी में 'द स्मोकिंग गन' में इस पुस्तक की त्रुटियों का विस्तृत विवरण प्रकाशित हुआ, जिसमें यह भी शामिल था कि फ्रे कभी जेल नहीं गए, जैसा कि उन्होंने पुस्तक में दावा किया था। लज्जित ओपरा ने फ्रे को शो पर आमंत्रित किया और उन्हें अपने झूठे दावों के लिए शर्मिंदा किया।

''मुझे कहना है कि आपसे बात करना मेरे लिए कठिनाई की बात है।'' उन्होंने फ्रे से कहा। फ्रे ने यह स्पष्ट किया कि शराब पीने की लत ने उन्हें अपनी पुस्तक में झूठ के लिए प्रेरित किया। ओपरा ने सख्ती से फ्रे को डाँटते हुए कहा, ''मुझे लगता है कि आपने अपने लाखों पाठकों के साथ छल किया है।''

''मुझे कहना है कि आपसे बात करना मेरे लिए कठिनाई की बात है।'' उन्होंने फ्रे से कहा। फ्रे ने यह स्पष्ट किया कि शराब पीने की लत ने उन्हें अपनी पुस्तक में झूठ के लिए प्रेरित किया। ओपरा ने सख्ती से फ्रे को डाँटते हुए कहा, ''मुझे लगता है कि आपने अपने लाखों पाठकों के साथ छल किया है।'' ओपरा ने अपनी संपादक नान टैलेस को भी शो पर आमंत्रित किया। ''मुझे लगता है कि सच में मेरे साथ धोखा किया गया है।'' नान टैलेस ने स्वीकार किया।

फ्रे के साहित्यिक एजेंट ने उन्हें हटा दिया और उनकी दो पुस्तकों का सौदा भी रद्द हो गया।

ओपरा और डॉक्टर

ओपरा के लगभग 70 लाख दैनिक श्रोताओं को स्वास्थ्य संबंधी अनेक सुझाव मिलते हैं। जब अतिथि खाने तथा फिटनेस के बारे में सुझाव देते हैं तो इस शो के कारण कई बार कुछ संदिग्ध चिकित्सकीय

दावों की स्थिति पैदा हो जाती है। जैसा कि 'न्यूजवीक' ने लिखा कि ओपरा के शो में अभिनेत्री जेनी मैकार्थी ने प्रसिद्ध वैक्सीन को स्वलीनता से जोड़ दिया, जिसे ओपरा की ओर से शायद ही चुनौती दी गई। इसी शो पर सोजान सोमर्स तथा रॉबिन मैकग्रा ने महिलाओं की हॉर्मोन चिकित्सा का प्रचार किया। यह भी दावा किया गया है कि इस चिकित्सा के कारण दिल के दौरे तथा आघात का खतरा बढ़ सकता है। पर्यवेक्षक ओपरा की नवीन सौंदर्य शल्य चिकित्सा प्रक्रियाओं के प्रति उत्साह पर प्रश्नचिह्न लगाते हैं, जिसके कारण गैर-आमंत्रित कठिनाइयाँ पैदा होती हैं।

जिस समय ओपरा विनफ्रे की 'लीडरशिप अकादमी फॉर गर्ल्स' वर्ष 2007 में जोहांसबर्ग में स्थापित की गई, उस समय स्वयं ओपरा सहित नेल्सन मंडेला, टिना टर्नर, सिडनी पोआइअर तथा स्पाइक ली भव्य उद्घाटन समारोह में शामिल हुए। इसका उद्देश्य था ओपरा के 4 करोड़ डॉलर की लागत से स्थापित इस बोर्डिंग स्कूल खोलने का जश्न मनाना; लेकिन एक ही वर्ष के बाद ओपरा द्वारा इस संस्थान में अध्ययन के लिए चयनित 152 में से 6 छात्रों ने छात्रावास प्रमुख वर्जीनिया टीनी मैकगोबो पर सार्वजनिक रूप से यौन दुर्व्यवहार एवं शारीरिक उत्पीड़न का आरोप लगाया।

ओपरा तथा अफवाह

वर्ष 1997 से ही ओपरा की लैंगिकता को लेकर अनेक अफवाहें फैलती रही हैं। वर्ष 1997 में वह एलेन डिजनेरेस के शो में उपस्थित हुईं, जहाँ उन्होंने विश्व को यह बताया कि वे समलैंगिक हैं। उसी समय उन्होंने स्टेडमैन ग्राहम के साथ अपने संबंध तोड़े थे और अफवाह यह थी कि ओपरा व गेल किंग ने शादी कर ली है। ओपरा ने वर्ष 2006

में 'ओ' मैगजीन को दिए साक्षात्कार में इस बात का खंडन किया। ओपरा की तरह ही किंग ने भी इस तरह की अफवाहों का लगातार खंडन किया है।

ओपरा तथा दक्षिण अफ्रीका में बदनामी

जिस समय ओपरा विनफ्रे की 'लीडरशिप अकादमी फॉर गर्ल' वर्ष 2007 में जोहांसबर्ग में स्थापित की गई, उस समय स्वयं ओपरा सहित नेल्सन मंडेला, टिना टर्नर, सिडनी पोआइअर तथा स्पाइक ली भव्य उद्‍घाटन समारोह में शामिल हुए। इसका उद्‍देश्य था ओपरा के 4 करोड़ डॉलर की लागत से स्थापित इस बोर्डिंग स्कूल खोलने का जश्न मनाना; लेकिन एक ही वर्ष के बाद ओपरा द्वारा इस संस्थान में अध्ययन के लिए चयनित 152 में से 6 छात्रों ने छात्रावास प्रमुख वर्जीनिया टीनी मैकगोबो पर सार्वजनिक रूप से यौन दुर्व्यवहार एवं शारीरिक उत्पीड़न का आरोप लगाया। ''इस आरोप ने मुझे भीतर तक हिला दिया है।'' ओपरा ने कहा, ''यह मेरे जीवन के अति विनाशकारी अनुभवों में से एक है, यदि इसे सबसे ज्यादा विनाशकारी अनुभव न कहें तो।'' उन्होंने आगे बताया।

ओपरा बनाम जोनाथन फ्रैंजेन

ओपरा जब अपने शो पर 'ओपरा बुक क्लब' खंड के लिए कोई पुस्तक उठाती हैं तो उसका 'ओपरा प्रभाव' होता है और प्राय: उस पुस्तक की बिक्री लाखों प्रतियों तक पहुँच जाती है। जब ओपरा ने फ्रैंजेन के वर्ष 2001 के व्यापक पारिवारिक नाटक 'द करक्शन' का क्लब के लिए चयन किया तो इस पुस्तक के लेखक को बल मिला। उन्हें यह नहीं लगा कि उनकी पुस्तक का संबंध इस कंपनी के अन्य चयन से है। शोक करते हुए ''इस मामले में समस्या ओपरा के कुछ चयन से है।

उन्होंने कुछ अच्छी पुस्तकों का चयन किया है, लेकिन उन्होंने पर्याप्त अतिशय भावुकतापूर्ण का भी चयन किया है। एक आयामी वे, जिसकी मैं खुद ही निंदा करता हूँ, यद्यपि मैं समझता हूँ कि वे वास्तव में बड़ी होशियार हैं और वे सच में अच्छी लड़ाई लड़ रही हैं।'' इसके अलावा वे खुद भी ओपरा के बुक क्लब का लोगो अपने उपन्यास के कवर पर देने के कारण असहज थे। बाद में फ्रैंजेन अपनी पूर्व टिप्पणी से मुकर गए, जिसमें उन्होंने इस बात की वकालत की थी कि ओपरा द्वारा चयन किए जाने के कारण पुरुष उनकी पुस्तक पढ़ने से दूर भागेंगे और अपनी पुस्तक में ओपरा को रुचि लेने के कारण उन्होंने उनका धन्यवाद किया।

ओपरा बनाम लूडकरिस

जब वर्ष 2006 में लूडकरिस ओपरा के शो में उपस्थित हुए तो ओपरा ने उनको अपने गानों में 'बिचेज' तथा 'हूज' जैसे शब्दों का प्रयोग किए जाने के कारण दंडित किया। साक्षात्कार को देखकर लूडकरिस हतप्रभ थे, जो कि उन्होंने दावा किया कि शो के प्रसारण के बाद भी जारी रहा।

जब वर्ष 2006 में लूडकरिस ओपरा के शो में उपस्थित हुए तो ओपरा ने उनको अपने गानों में 'बिचेज' तथा 'हूज' जैसे शब्दों का प्रयोग किए जाने के कारण दंडित किया। साक्षात्कार को देखकर लूडकरिस हतप्रभ थे, जो कि उन्होंने दावा किया कि शो के प्रसारण के बाद भी जारी रहा। बाद में उन्होंने ओपरा पर उनके उत्तरों में काट-छाँट करने का आरोप लगाया। उन्होंने मीडिया को बताया, ''निस्संदेह, यह उनका शो है; लेकिन हम जातीय भेदभाव पर शो कर रहे थे और जब मैं यहाँ एक अभिनेता के रूप में आया तो उन्होंने रैप संगीतकार के रूप में मुझे कठिनाई में डाल दिया। यह ऐसा ही था, जैसे बिना बुलाए किसी के घर चले जाना।''

ओपरा बनाम एंजेलिना जॉली

दक्षिण अफ्रीका में 'ओपरा विनफ्रे लीडरशिप अकादमी फॉर गर्ल्स' ओपरा की नवीनतम परियोजना है। यह बोर्डिंग स्कूल दक्षिण अफ्रीका में शैक्षिक रूप से प्रतिभाशाली निम्न आय वर्ग की लड़कियों को ढूँढ़ने तथा उनकी नेतृत्व क्षमता का विकास करने को समर्पित है। स्कूल के प्रचार-प्रसार के लिए ओपरा को अन्य प्रतिष्ठित व्यक्तियों की मदद की जरूरत पड़ती है। ओपरा ने स्कूल के प्रचार में मदद करने के लिए एंजेलिना जॉली को आमंत्रित किया। जॉली ने कथित रूप से स्पष्ट शब्दों में मना कर दिया। वे शायद आतीं भी, पर वे इस बात से नाराज थीं कि जॉली के मित्र ब्रैड पिट के साथ अनिसटन के संबंध तोड़ने के मामले में ओपरा ने जेनिफर अनिसटन का पक्ष लिया था।

□

फिल्मों की सूची

निर्माता (41 क्रेडिट्स)

- 2016-2018 : ग्रीनलीफ (टी.वी. सीरीज) (कार्यपालक निर्माता, 42 एपिसोड)।
- 2012-2018 : ओपरा का मास्टर क्लास (टी.वी. सीरीज डॉक्यूमेंट्री) कार्यपालक निर्माता, 23 एपिसोड)।
- 2017 : इम्मोर्टल लाइफ ऑफ हेनरिएट्टा लैक्स (टी.वी. मूवी) कार्यपालक निर्माता।
- 2016-2017 : क्वीर सूगर (टी.वी. सीरीज) (कार्यपालक निर्माता, 20 एपिसोड)।
- 2016 : फर्स्ट लेडी मिशेल ओबामा सेज वेअरवेल टू द व्हाइट हाउस : एन ओपरा विनफ्रे स्पेशल (टी.वी. स्पेशल) (कार्यपालक निर्माता)।
- 2014-2016 : सूयर सोल संडे (टी.वी. सीरीज) (कार्यपालक निर्माता 6 एपिसोड)।
- 2015 : ओपरा गोज टू ब्राउडवे : द कलर परपल (कार्यपालक निर्माता)।
- 2015 : ओपरा की मास्टर क्लास : बिलिफ स्पेशल (टी.वी. मूवी) (कार्यपालक निर्माता)।
- 2015 : ओपरा का मास्टर क्लास : सिविल राइट्स स्पेशल (टी.

वी. मूवी डॉक्यूमेंट्री) कार्यपालक निर्माता।

- 2014 : सेलमा (निर्माता)।
- 2014 : द हंड्रेड फुट जर्नी (निर्माता)।
- 2012 : ओपरा एंड रेन विल्सन प्रेजेंट सोलपैनकेक (टी.वी. स्पेशल) (कार्यपालक निर्माता)।
- 2012 : ओपरा'ज मास्टर क्लास : स्पेशल एडीशन (टी.वी. स्पेशल) (कार्यपालक निर्माता)।
- 2012 : ओपराज नेक्स्ट चैप्टर (टी.वी. सीरीज) (कार्यपालक निर्माता)।
- 2011 : सर्विंग लाइफ (टी.वी. मूवी डॉक्यूमेंट्री) (कार्यपालक निर्माता)।
- दि ओपरा विनफ्रे शो (टी.वी. सीरीज) (निरीक्षक निर्माता-9 एपिसोड, 1989-2011)।
- 2011 : दि एक्स्ट्रा ऑर्डिनरी मॉम्स (टी.वी. मूवी डॉक्यूमेंट्री) (कार्यपालक निर्माता)।
- 2011 : योर ऑन शो (टी.वी. सीरीज) (कार्यपालक निर्माता)।
- 2010 : दि ओपरा विनफ्रे ऑस्कर स्पेशल (टी.वी. स्पेशल) (कार्यपालक निर्माता)।
- 2009 : क्रिसमस एट द व्हाइट हाउस : एम ओपरा प्राइम टाइम स्पेशल (टी.वी. स्पेशल) (कार्यपालक निर्माता)।
- 2009/11 : प्रेशस (कार्यपालक निर्माता)।
- 2008 : एवरी मंडे मैटर्स (वीडियो डॉक्यूमेंट्री शॉर्ट) (कार्यपालक निर्माता)।
- 2007 : द बिग गिव (टी.वी. सीरीज) (कार्यपालक निर्माता)।
- 2007 : द ग्रेट डिबेटर्स (निर्माता)।
- 2007 : मिच अलबम्स फॉर वन मोर डे (टी.वी. मूवी)

(कार्यपालक निर्माता)।

- 2007 : बिल्डिंग ए ड्रीम : दि ओपरा विनफ्रे लीडरशिप।
- 2007 : दि ओपरा विनफ्रे ऑस्कर स्पेशल (टी.वी. मूवी कार्यपालक निर्माता)।
- 2006 : लीजेंड्स बॉल (टी.वी. मूवी डॉक्यूमेंट्री) (कार्यपालक निर्माता)।
- 2005 : देअर आइज वेअर वॉचिंग गॉड (टी.वी. मूवी) (कार्यपालक निर्माता)।
- 2002 : ओपरा ऑफ्टर द शो (टी.वी. सीरीज) (कार्यपालक निर्माता)।
- 2001 : एमी एंड एजाबेले (टी.वी. मूवी) (कार्यपालक निर्माता/निर्माता)।
- 1999 : टि यूर्ज डेज विद मोरी (टी.वी. मूवी) (कार्यपालक निर्माता)।
- 1998 : डेविड एंड लीसा (टी.वी. मूवी) (कार्यपालक निर्माता)।
- 1998 : बिलव्ड (निर्माता)।
- 1998 : द वेडिंग (टी.वी. मूवी) (कार्यपालक निर्माता)।
- 1997 : बिफोर वीमेन हैड विंग्स (टी.वी. मूवी) (निर्माता)।
- 1993 : माइकल जैक्सन टॉक्स टू'''ओपरा लिव (टी.वी. स्पेशल) (कार्यपालक निर्माता)।
- 1993 : एबीसी ऑफ्टर स्कूल स्पेशल्स (टी.वी. सीरीज) (निर्माता 1 एपिसोड)।
- 1992 : ओवर एक्सपोज्ड (टी.वी. मूवी) (कार्यपालक निर्माता)।
- 1992 : नाइन (टी.वी. मूवी डॉक्यूमेंट्री) (कार्यपालक निर्माता)।
- 1989 : द वीमेन ऑफ ब्रिवेस्टर प्लेस (टी.वी. सीरीज) (कार्यपालक निर्माता-2 एपिसोड)।

अभिनेत्री (270 क्रेडिट्स)

- 2018 : ए एरिंकल इन टाइम (पोस्ट-प्रोडक्शन)
- 2017 : द स्टार (पूर्ण)
- डेबोरा (आवाज)
- रिचर्ड प्रायर : इज इट समथिंग आई शेड (घोषित)
- टर्म्स ऑफ इंडीअरमेंट (घोषित)
- 2016-17 ग्रीनलीफ (टी.वी. सीरीज)
- 2017 : दि इम्मॉर्टल लाइफ ऑफ हेनिएटा लैक्स (टी.वी. मूवी)
- 2014 : सेलमा
- 2013 : मेकिंग ए सीन (छोटा)
- 2013 : आई ली डेनिअल्स्ड बटलर
- 2011 : जीसस हेनरी क्राइस्ट
- 2010 : साइ अगीमत एट साइ एनटेन्ग काबीसोटे
- 2010 : सिसेम स्ट्रीट (टी.वी. सीरीज)
- 2009 : द प्रिंसेस एंड द फ्रॉग
- इयूडोरा (आवाज)
- 2008 : 30 रॉक (टी.वी. सीरीज)
- 2007 : बी मूवी
- जज बम्बल्टन (आवाज)
- 2006 : चार्लोट्स वेब
- गस्सी द फीमेल गूज (आवाज)
- 2005 : डेस्पेरेट हाउस वाइव्ज : ओपरा विनफ्रे इज द न्यू नेबर (टी.वी. शार्ट)
- 1999 : अवर फ्रैंड मार्टिन (वीडियो)
- कोरेटा स्कॉट किंग (आवाज)
- 1998 : बिलव्ड

- 1997 : बिफोर वीमेन हैड विंग्स (टी.वी. मूवी)
- 1997 : एलेन (टी.वी. सीरीज)
- 1992 : लिंकन (टी.वी. मूवी)
- एलिजाबेथ केकले (आवाज)
- 1990 : ब्रिवएस्टर प्लेस (टी.वी. सीरीज)
- 1989 : द वीमेन ऑफ ब्रिवएस्टर प्लेस (टी.वी. सीरीज)
- 1986 : नेटिव सन
- 1985 : द कलर परपल

साउंड ट्रैक (3 क्रेडिट्स)

- 2004-2010 : दि ओपरा विनफ्रे शो (टी.वी. सीरीज) (प्रदर्शक अभिनेत्री 2 एपिसोड)।
- 1998 : बिलव्ड (प्रदर्शक अभिनेत्री) : 'सेथेए ललाबी', 'पूलीन द स्कीफ'।
- 1987 : डॉली (टी.वी. सीरीज) (अभिनेत्री/प्रदर्शक 1 एपिसोड)।

□

परिचय

जन-संचार माध्यमों के जरिए संसार भर में लोगों के साथ ओपरा विनफ्रे का अद्वितीय संबंध स्थापित हो गया है। 'दि ओपरा विनफ्रे शो' के मेजबान तथा अधीक्षण निर्माता के रूप में उन्होंने पच्चीस वर्षों से अधिक समय तक पूरे विश्व में लाखों दर्शकों का मनोरंजन किया है, उन्हें शिक्षित तथा उनका उत्थान किया है। विश्व मीडिया की अग्रणी तथा मानवतावादी के रूप में उनके द्वारा किए गए कार्यों ने उन्हें आज अति सम्मानित सार्वजनिक व्यक्तित्व में से एक साबित कर दिया है।

ओपरा गेल विनफ्रे का जन्म 29 फरवरी, 1954 को मिसीसिपी के कोससिउस्को के एक सुदूर खेत में हुआ था। उनका नाम ओरपा 'बाइबिल' से चुना गया, लेकिन वर्तनी तथा बोलने में कठिनाई के कारण वह 'ओपरा' के नाम से विख्यात हुईं, विशेषकर अपने जन्म के बाद से ही। उनके अविवाहित माता-पिता उनके जन्म के शीघ्र बाद ही अलग हो गए और उन्हें देखभाल के लिए खेत में अपनी नानी के पास छोड़ दिया।

बचपन में ओपरा विनफ्रे आलू की बोरियों से अपना शरीर ढकती थीं, क्योंकि गरीबी से त्रस्त उनके परिवार के पास उनके कपड़ों के लिए पैसे नहीं होते थे। आज 'फोर्ब्स' के आकलन के अनुसार, विनफ्रे की कुल आय 3 अरब डॉलर है और इस पत्रिका की अमेरिका के 400 समृद्धतम लोगों की सूची में वे एकमात्र अश्वेत महिला हैं।

अपने बचपन में खेत के जानवरों के अपने 'श्रोताओं' के सामने

नाटक करके वह अपना मनोरंजन करती थीं। अपनी नानी के सान्निध्य में उन्होंने ढाई वर्ष की उम्र में पढ़ना सीखा। चर्च के अपने श्रोताओं के सामने उन्होंने 'ईस्टर के दिन जब ईसा मसीह उठ खड़े हुए' विषय पर व्याख्यान दिया, उस समय उनकी उम्र मात्र दो वर्ष की थी। वे अपने स्कूल में पहले ही दिन शिक्षक को एक नोट लिखकर किंडरगार्टन से अगली कक्षा में चली गईं। अपने नोट में उन्होंने लिखा कि वे पहले ग्रेड के लिए उपयुक्त हैं। उस वर्ष के बाद ओपरा का अनुमोदन तीसरी कक्षा के लिए कर दिया गया।

छह वर्ष की उम्र में उन्हें मिलवॉके की एक बस्ती में अपनी माँ तथा दो सौतेले भाइयों के पास उत्तर में भेज दिया गया, जो अत्यंत पिछड़ा व असुरक्षित क्षेत्र था। बारह वर्ष की उम्र में अपने पिता के साथ रहने के लिए उन्हें टेनेसी के नैशविले में भेज दिया गया। वहाँ उन्हें सुरक्षित लगा और वे खुश रहने लगीं।

उनके दिन के समय के टी.वी. प्रमुख तथा मीडिया सम्राज्ञी बनने से पहले विनफ्रे का बचपन उथल-पुथल भरा था। 'एकेडमी ऑफ अचीवमेंट' के अनुसार, परिवार के सदस्यों के बीच उनकी अदला-बदली होती रहती थी। बचपन के पहले कुछ साल ग्रामीण वातावरण में मिसीसिपी में अपनी नानी के खेत में बीते, जब उनकी अविवाहिता युवा माँ को काम की तलाश थी।

छह वर्ष की उम्र में उन्हें मिलवॉके की एक बस्ती में अपनी माँ तथा दो सौतेले भाइयों के पास उत्तर में भेज दिया गया, जो अत्यंत पिछड़ा व असुरक्षित क्षेत्र था। बारह वर्ष की उम्र में अपने पिता के साथ रहने के लिए उन्हें टेनेसी के नैशविले में भेज दिया गया। वहाँ उन्हें सुरक्षित लगा और वे खुश रहने लगीं। बहुत थोड़े समय के लिए वे सामाजिक अवसरों तथा चर्च में भाषण देने लगीं।

एक बार उन्हें अपने भाषण के लिए 500 डॉलर भी मिले। तभी उन्होंने फैसला किया कि वह 'बोलकर पैसा' कमाना चाहती हैं।

ऑस्कर बैमबेवाज बामुहिशिर ने अपनी पुस्तक 'द हीलिंग पावर ऑफ सेल्फ लव' में लिखा है कि नौ वर्ष की उम्र में पहली बार ओपरा के साथ उनके उन्नीस वर्षीय चचेरे भाई ने बलात्कार किया। यह अनेक ऐसी घटनाओं में पहली घटना थी। चौदह वर्ष की उम्र में वे स्वतंत्र हो गईं और टेनेसी के नैशविले में अपने पिता के पास रहने चली गईं, जहाँ से उनकी सफलता की कहानी शुरू होती है। उनके पिता ने उनका जीवन बचा लिया। कभी-कभी वे निर्देश, संरचना, नियमों तथा पुस्तकों को लेकर ओपरा के साथ सख्त होते थे। वे चाहते थे कि ओपरा साप्ताहिक पुस्तक समीक्षाओं को पूरा करें। प्रतिदिन पाँच नए शब्द याद किए बिना वे खाना नहीं खाती थीं। ओपरा एक विलक्षण विद्यार्थी थीं, जो नाटक क्लब, वाद-विवाद क्लब तथा विद्यार्थी परिषद् में भी सक्रिय रहती थीं। 'एलक क्लब' की भाषण प्रतियोगिता में उन्हें टेनेसी स्टेट यूनिवर्सिटी के लिए पूरी छात्रवृत्ति मिली। अगले वर्ष युवाओं पर व्हाइट हाउस के एक सत्र में उन्हें आमंत्रित किया गया। नैशविले के एक स्थानीय रेडियो स्टेशन 'डब्ल्यू.वी.ओ.एल.' (WVOL) द्वारा उन्हें 'मिस फायर प्रिवेंशन' का खिताब मिला और इसी

> *'डेली बर्थ' के अनुसार, बाल्टीमोर में नौकरी के दौरान उनका यौन शोषण तथा अपमान भी किया गया, लेकिन उन्हें नौकरी नहीं छोड़नी पड़ी। उन्हें नौकरी ज्वॉइन करने के साढ़े सात महीने के बाद वहाँ से निकाल दिया गया। विनफ्रे बहुत दिनों तक वहाँ नहीं रुकीं। 'ए.एम. शिकागो' नामक सुबह के तत्कालीन निष्क्रिय टॉक शो में संगीतकारों की बुकिंग की मेजबानी की नौकरी मिल गई।*

रेडियो स्टेशन द्वारा दोपहर के समाचार पढ़ने के लिए उन्हें भरती कर लिया गया।

वे नैशविले में उनतीस वर्ष से कम उम्र की पहली अश्वेत महिला परिचायक बन गईं तथा बाल्टीमोर में सह–परिचायक बनने से पहले स्थानीय परिचायक के रूप में उन्होंने संगीतकारों की कुछ बुकिंग से अपने कॅरियर की शुरुआत की। 'डेली बर्थ' के अनुसार, बाल्टीमोर में नौकरी के दौरान उनका यौन शोषण तथा अपमान भी किया गया, लेकिन उन्हें नौकरी नहीं छोड़नी पड़ी। उन्हें नौकरी ज्वॉइन करने के साढ़े सात महीने के बाद वहाँ से निकाल दिया गया। विनफ्रे बहुत दिनों तक वहाँ नहीं रुकीं। 'ए.एम. शिकागो' नामक सुबह के तत्कालीन निष्क्रिय टॉक शो में उन्हें संगीतकारों की बुकिंग की मेजबानी की नौकरी मिल गई।

जनवरी 1980 में ओपरा इलिनोइस से शिकागो चली गईं और वहाँ सुबह के टॉक शो 'ए.एम. शिकागो' में प्रस्तुतकर्ता की नौकरी कर ली, जिसकी रेटिंग उस समय निरंतर सबसे कम थी। उन्होंने इस शो के केंद्रीय विषय—पुरानी शैली की महिलाओं के मुद्‍दों से बदलकर तत्कालीन विवादास्पद विषय को इसका मुख्य विषय बनाया और एक माह के बाद ही शो डोनाह्यू के प्रोग्राम के समक्ष हो गया। तीन माह के बाद 'ओपरा का प्रोग्राम' इससे भी आगे निकल गया। सितंबर 1985 में प्रोग्राम का नाम बदलकर 'ओपरा विनफ्रे शो' पड़ गया और उसका समय बढ़ाकर एक घंटे का कर दिया गया। परिणामतः डोनाह्यू न्यूयॉर्क सिटी चले गए।

उन्होंने वर्ष 1986 में व्यावहारिक कॅरियर को बदल देनेवाला कदम उठाया, जब उन्होंने 'हार्वो प्रोडक्शंस' की स्थापना की तथा 'दि ओपरा विनफ्रे शो' के मालिकाना आधिपत्य के लिए बातचीत की, जिससे उसके शीर्ष समय के दौरान उन्हें 30 करोड़ डॉलर की वार्षिक आय हुई। उनकी कंपनी ने बाद में इसी प्रोग्राम से अतिरिक्त लुभावने शो तैयार किए, जिसमें 'डॉ. फिल' तथा 'रैचल रे' शामिल हैं।

'द कलर परपल' के प्रदर्शन के बाद उनके शो की लोकप्रियता तेजी से बढ़ी और 1 सितंबर, 1985 को वितरक किंग वर्ल्ड ने 138 शहरों में टेलीविजन प्रोग्राम के वितरण का अधिकार उन्हें दे दिया। किसी भी शो के लिए यह एक कीर्तिमान था। उस वर्ष विनफ्रे ने अमेरिका में दस प्रमुख बाजारों को जीत लिया।

'द कलर परपल' के प्रदर्शन के बाद उनके शो की लोकप्रियता तेजी से बढ़ी और 1 सितंबर, 1985 को वितरक किंग वर्ल्ड ने 138 शहरों में टेलीविजन प्रोग्राम के वितरण का अधिकार उन्हें दे दिया। किसी भी शो के लिए यह एक कीर्तिमान था। उस वर्ष विनफ्रे ने अमेरिका में दस प्रमुख बाजारों को जीत लिया।

वर्ष 1986 में उन्हें 'शिकागो एकेडमी फॉर दि आर्ट्र्स' की ओर से शहर के कलात्मक समुदाय के लिए उनके द्वारा किए गए योगदान के लिए एक विशिष्ट पुरस्कार मिला और इसे 'नेशनल ऑर्गेनाइजेशन ऑफ वीमन' ने 'वुमन ऑफ अचीवमेंट' कहा। 'दि ओपरा विनफ्रे शो' को श्रेष्ठ टॉक शो के लिए अनेक 'एमी पुरस्कार' मिले और विनफ्रे को टॉक शो होस्ट का सम्मान मिला।

अपने टॉक शो के लिए सबसे ज्यादा ख्याति-प्राप्त ओपरा फिल्मों, नाटकों तथा टेलीविजन शृंखलाओं से भी जुड़ी रही हैं। सन् 1985 के नाटक 'द कलर परपल' में उनके प्रदर्शन के लिए उन्हें श्रेष्ठ सहायक अभिनेत्री के रूप में 'अकादमी अवार्ड' के लिए नामित किया गया। उन्होंने अपनी पत्रिका 'दि ओपरा मैगजीन' भी प्रकाशित की, अपना रेडियो चैनल शुरू किया, जिसका नाम 'ओपरा रेडियो' था और अभी हाल ही में एक केबल चैनल 'दि ओपरा विनफ्रे नेटवर्क' की शुरुआत के लिए उन्होंने डिस्कवरी कम्युनिकेशंस के साथ साझेदारी की है।

आज उनकी गिनती विश्व में सबसे ज्यादा आय प्राप्त टी.वी.

पर्सनैलिटी में से एक के रूप में होती है और उनकी जीवन-शैली भव्यता से पूर्ण है। निश्चित रूप से वे एक ऐसा नाम हैं, जिसे इतिहास अनंत काल तक याद रखेगा।

ओपरा और पुस्तकें

पुस्तकों के साथ ओपरा का संबंध मित्र के साथ संबंध जैसा है। प्राय: बचपन में जब उन्हें दिशा-निर्देश एवं साथी की जरूरत होती थी तो वे उन्हें पुस्तकों से मिलते थे। उन्हें प्रसिद्ध लेखक माया एंजेलो की पुस्तकें पढ़ना बहुत पसंद है। उनकी आत्मकथा 'आई नो वाच द केज्ड बर्ड सिंग्स' का उन पर गहरा प्रभाव पड़ा और इस पुस्तक ने उन्हें अपने जीवन के उथल-पुथल भरे दौर से बाहर निकलने में उनकी बहुत मदद की। अपने जीवन में बाद में उन्होंने एंजलो के साथ दोस्ती कर ली।

उन्हें प्रसिद्ध लेखक माया एंजेलो की पुस्तकें पढ़ना बहुत पसंद है। उनकी आत्मकथा 'आई नो वाच द केज्ड बर्ड सिंग्स' का उन पर गहरा प्रभाव पड़ा और इस पुस्तक ने उन्हें अपने जीवन के उथल-पुथल भरे दौर से बाहर निकलने में उनकी बहुत मदद की। अपने जीवन में बाद में उन्होंने एंजलो के साथ दोस्ती कर ली।

ओपरा ने अनेक पुस्तकें लिखी हैं और कई पुस्तकों की वे सह-लेखिका हैं। उन पुस्तकों की सूची इस प्रकार है—

- 'इन द किचन विद रोजी : ओपरा'ज फेवरेट रेसिपीज' (1994) विद रोजी डेले।
- 'अ जर्नल ऑफ डेली रिनिवअल : द कॉम्पेरिजन टू मेक द कनक्शन' (1996) विद बॉब ग्रीन।
- 'द अनकॉमन विज्डम ऑफ ओपरा विनफ्रे : ए पॉटरेट इन

हर ऑन वर्ड्र्स' विद बिल एडलर।

- 'जर्नी टू बिलव्ड' (1998) विद केन रेगन।
- 'मेक द कनक्शन : टेन स्टेप्स टू अ बेटर बॉडी एंड अ बेटर लाइफ' (1999) विद बॉब ग्रीन।
- ओपरा विनफ्रे स्पीक्स।
- दि अनकॉमन विज्डम ऑफ ओपरा विनफ्रे।
- वूमन एंड हर विट्स।
- 'ओपरा विनफ्रे शो' के एपिसोड में कई बार उन्होंने अनेक पुस्तकें श्रोताओं के लिए अनुशंसित की हैं। बौद्धिक रूप से श्रोताओं को समृद्ध करने में इन पुस्तकों ने महत्त्वपूर्ण भूमिका निभाई है। उनके द्वारा अनुशंसित पुस्तकों की सूची इस प्रकार है—
- 'द फोर एग्रीमेंट्स : अ प्रैक्टिकल गाइड टू पर्सनल फ्रीडम', लेखक डॉन मिगुएल (डॉन मिगुएल रुइज द्वारा लिखित यह पुस्तक सरल तो है, लेकिन इतनी शक्तिशाली है कि इसने इस मामले में बहुत अंतर पैदा किया है कि हर कठिन स्थिति में मैं किस प्रकार सोचती हूँ और कार्य करती हूँ—ओपरा)।
- 'अ रिटर्न टू लव', लेखक मिरिआने विलियम्सन (इस पुस्तक ने मुझे यह अहसास दिलाया कि भावनाएँ दो प्रकार की होती हैं—प्रेम और भय। हर प्रकार के संबंध में आप या तो एक या दूसरी भावना की ओर बढ़ रहे होते हैं—ओपरा)।
- 'टू किल अ मोकिंग बर्ड', लेखक हार्पर ली (हार्पर ली की अद्भुत कृति। मेरा लोकप्रिय उपन्यास गलत तरीके से आरोपित अश्वेत व्यक्ति को अपने बच्चों की निष्कपटता का त्याग किए बिना बचाने के प्रयासों को रेखांकित करता है—ओपरा)।

- 'देअर आइज वर वॉचिंग गॉड', लेखक, जोरा नेल हर्टसन (जोरा नेल हर्टसन की उत्कृष्ट कृति मेरी लोकप्रिय कहानी है। जेनी मे क्राउफोर्ड अपने जीवन के लगभग दो दशक शोषक और हावी रहनेवाले व्यक्तियों के साथ बिताती हैं, लेकिन अंततः टीकेक के साथ उन्हें सच्चा प्यार मिल जाता है। जब वे दोनों साथ रहते हैं तो वह जेनी को संसार के लिए अपना दिल खोल देने के लिए कहता है—ओपरा)।
- 'पावर ऑफ नाउ', लेखक, एचकॉर्ट टोली।

ओपरा का 'बुक क्लब'

ओपरा का बुक क्लब उनके टॉक शो में पुस्तकों पर परिचर्चा का एक खंड था। इसमें ओपरा द्वारा चुनी गई पुस्तकों पर चर्चा होती थी। एक नई पुस्तक के चयन के साथ ही इसी क्लब की शुरुआत उन्होंने वर्ष 1996 में की। इस क्लब में आमतौर पर अपने दर्शकों के लिए पढ़ने और प्रतिमाह उस पर चर्चा करने के लिए उपन्यास का चयन किया जाता था। इसकी दशक भर लंबी यात्रा का समापन भी 25 मई, 2011 को शो के समापन के साथ ही हुआ। इसके प्रसारण के समय पंद्रह वर्षों की अवधि के दौरान इसमें 70 पुस्तकों को अनुशंसित किया गया।

> *इसकी व्यापक लोकप्रियता के कारण अनेक अज्ञात व अप्रसिद्ध पुस्तकें भी काफी लोकप्रिय हो गईं और इस कारण उनकी बिक्री कई लाख प्रतियों में हुई। फोर्डम यूनिवर्सिटी में मार्केटिंग के प्रोफेसर अलीग्रेको ने यह आकलन किया कि '69 ओपरा संस्करण' की कुल बिक्री 5.5 करोड़ प्रतियों से भी ज्यादा हुई।*

इसकी व्यापक लोकप्रियता के कारण अनेक अज्ञात व अप्रसिद्ध पुस्तकें भी काफी लोकप्रिय हो गईं

और इस कारण उनकी बिक्री कई लाख प्रतियों में हुई। फोर्डम यूनिवर्सिटी में मार्केटिंग के प्रोफेसर अलीग्रेको ने यह आकलन किया कि '69 ओपरा संस्करण' की कुल बिक्री 5.5 करोड़ प्रतियों से भी ज्यादा हुई।

'बुक क्लब' ने अनेक साहित्यिक विवादों को देखा है उदाहरण के लिए, अपने उपन्यास 'द करेक्शंस' पर जोनाथन फ्रेंजेन का सार्वजनिक असंतोष, जिसका चयन ओपरा ने किया था तथा वर्ष 2005 के चयन जेम्स फ्रेकी स्मृति 'ए मिलियन लिटिल पीसेज' का कुख्यात मामला। इस विवाद के कारण फ्रे तथा प्रकाशक नान टेलेस में टकराव पैदा हो गया।

1 जून, 2012 को ओपरा ने शेरिल स्ट्रेड की 'वाइल्ड' के साथ ओपरा के 'बुक क्लब 2.0' की शुरुआत की घोषणा की। ओपरा के 'बुक क्लब' का नया संस्करण, जो ओ.डब्ल्यू.एन. : दि ओपरा विनफ्रे नेटवर्क तथा ओ : दि ओपरा विनफ्रे मैगजीन की साझा परियोजना है, में विभिन्न सोशल मीडिया प्लेटफॉर्मों के प्रयोग तथा ई-रीडर्स को शामिल किया जाएगा।

अप्रैल 2000 में ओपरा तथा 'हर्स्ट मैगजीन्स' ने 'ओ, दि ओपरा मैगजीन' की घोषणा की। यह एक मासिक पत्रिका है और बहुत जल्द यह आज की महिलाओं की जीवन-शैली पर प्रकाशित प्रमुख पत्रिका बन गई है। हाल के वर्षों में शुरू की गई यह सबसे सफल पत्रिका है और वर्तमान में इस पत्रिका की प्रतिमाह बिक्री 23.5 लाख पाठक है। अप्रैल 2002 में ओपरा ने 'ओ, दि ओपरा मैगजीन' का अंतरराष्ट्रीय संस्करण दक्षिण अफ्रीका में शुरू किया। यह पत्रिका 'अपना श्रेष्ठ जीवन जिएँ' का संदेश उस महादेश के श्रोताओं को देती है।

उक्तियाँ

1. ''मैं वित्तीय रूप से इतनी सफल रही हूँ, उसका कारण यह है कि एक मिनट के लिए भी मेरा ध्यान कभी भी पैसों पर नहीं रहा है।''

2. ''आप जानते हैं कि आप सफलता के मार्ग पर आगे बढ़ रहे हैं, यदि आप अपना काम तो करते हैं, लेकिन उस काम के आपको पैसे नहीं मिलते हैं।''
3. ''जीवन का सबसे बड़ा रहस्य यह है कि कोई बड़ा रहस्य ही नहीं है। आपका लक्ष्य चाहे जो भी है, यदि आप काम करने के इच्छुक हैं तो आप उसे प्राप्त कर सकते हैं।''
4. ''हर अनुभव के साथ आप ही अपने कैनवास में एक-एक विचार, एक-एक विकल्प से रंग भर रहे होते हैं।''
5. ''आपके पास जो कुछ भी है, उसके प्रति कृतज्ञ होइए तो आपको और अधिक प्राप्त होगा। यदि आप इस बात पर अपना ध्यान लगाते हैं कि आपके पास क्या नहीं है तो आपके पास कभी भी पर्याप्त नहीं होगा।''
6. ''हर बार जब आप यह कहते हैं कि आप क्या चाहते हैं या आप किस पर विश्वास करते हैं तो आप ही पहले व्यक्ति हैं, जो इसे सुनते हैं। यह आपके लिए तथा दूसरों के लिए भी यह संदेश है कि आप जो सोचते हैं, वह संभव है। अपने आपके लिए कोई सीमा न लगाएँ।''
7. ''किसी भी सपने को साकार करने की कुंजी है कि आप सफलता पर ध्यान न दें, बल्कि महत्त्व पर ध्यान दें और तभी छोटी-छोटी कमी एवं छोटी-छोटी सफलताएँ, जो आपके रास्ते में आएँगी, वे आपको बड़ी सफलता की ओर ले जाएँगी।''
8. ''अपने जीवन की जहाँ तक संभव हो, उच्चतम व भव्यतम अंतर्दृष्टि पैदा कीजिए। आप वैसा ही बनते हैं, जैसा आप विश्वास करते हैं।''
9. ''साँस लीजिए, जाने दीजिए और अपने आपको यह याद

दिलाइए कि आपके पास यही एक क्षण है, जिसके प्रति आप पूरी तरह से आश्वस्त हैं।''

''किसी भी सपने को साकार करने की कुंजी है कि आप सफलता पर ध्यान न दें, बल्कि महत्त्व पर ध्यान दें और तभी छोटी-छोटी कमी एवं छोटी-छोटी सफलताएँ, जो आपके रास्ते में आएँगी, वे आपको बड़ी सफलता की ओर ले जाएँगी।''

10. जब आप यह नहीं जानते हैं कि आपका भावावेश क्या है, तो इसे ढूँढ़ने के लिए यह महसूस कीजिए कि इस पृथ्वी पर आपके अस्तित्व में होने का कारण क्या है?
11. ''इसी क्षण अपना श्रेष्ठ करना अगले क्षण आपको श्रेष्ठ जगह पर पहुँचाता है।''
12. ''महारानी की तरह सोचिए। महारानी को असफलता से डर नहीं लगता। असफलता महानता की ओर ले जाने का एक और रास्ता है।''
13. ''अपने दु:खों को ज्ञान में बदल दीजिए।''
14. ''अपने आपको हमेशा ऐसे लोगों के बीच रखिए, जो आपको और ऊपर ले जाएँगे।''
15. ''आप अपने जीवन की जितनी प्रशंसा करते हैं और जितना इसका जश्न मनाते हैं तो जश्न मनाने के लिए जीवन में उतनी ही ज्यादा चीजें होती हैं।''
16. ''हम जो हैं, वही रहकर वह नहीं बन सकते, जो हमें बनने की जरूरत है।''
17. ''मैं अपने आपको बस्ती की एक गरीब व वंचित लड़की नहीं समझती हूँ, जिसने अच्छा किया। मैं अपने आपको एक

ऐसे व्यक्ति के रूप में सोचती हूँ, जो युवावस्था से ही यह जानती थी कि मैं अपने आपके लिए जिम्मेदार हूँ और मुझे अच्छा करना ही था।''

18. ''यदि मैं व्यवसाय पर नियंत्रण खो देती तो मैं अपने आप पर या कम-से-कम जो मैं हूँ, वह होने की क्षमता खो देती। अपने आप पर स्वामित्व प्राप्त करना भी स्वाभाविक जीने का एक तरीका है।''

19. ''उत्साह भी ऊर्जा है। जिस चीज से आप में उत्साह पैदा होता है, उस पर ध्यान केंद्रित करने से आप में जो शक्ति पैदा होती है, उसे महसूस कीजिए।''

20. ''भौतिक सफलताएँ जो करती हैं, वह यह है कि वे आपको अन्य चीजों पर ध्यान केंद्रित करने की क्षमता उपलब्ध कराती हैं, जिसका कोई महत्त्व नहीं है और वह यह है कि इस अंतर को न सिर्फ अपने जीवन में, बल्कि दूसरों के जीवन में भी समझने में सक्षम होना है।''

21. ''वह एक काम कीजिए, जो आपको लगता है, आप नहीं कर सकते हैं। उसमें असफल होइए। दोबारा कोशिश कीजिए। दूसरी बार बेहतर तरह से कीजिए। एकमात्र व्यक्ति, जो कभी ठोकर नहीं खाते हैं, वे ऐसे व्यक्ति हैं, जो कभी ऊँचाई पर चढ़े ही नहीं हैं। यही क्षण आपका है। इस पर अधिकार कर लीजिए।''

22. ''मैं अब यह विश्वास करने लगी हूँ कि हम सभी की एक व्यक्तिगत जीवन-वृत्ति है, जो उतनी ही अद्भुत है, जितनी आपकी उँगलियों के निशान। सफल होने का श्रेष्ठ तरीका यह है कि यह ढूँढ़िए कि आपको क्या पसंद है और फिर इसे सेवाओं के रूप में दूसरों को देने के तरीके ढूँढ़िए, कठिन

परिश्रम कीजिए तथा ब्रह्मांड की ऊर्जा को भी आपको प्रेरित करने दीजिए।''

23. ''मेरा विश्वास है कि हर किसी के पास सपने होते हैं तथा एक-दूसरे की गुप्त आशाओं के साथ जुड़कर हम अच्छे दोस्त, अच्छे साथी, अच्छे माता-पिता तथा अच्छे प्रेमी बन सकते हैं।''

24. ''जो बात मैं निश्चित रूप से जानती हूँ, वह यह है कि यदि आप सफलता चाहते हैं तो सफलता को अपना लक्ष्य नहीं बना सकते हैं। महत्त्वपूर्ण यह है कि आप सफल होने की चिंता मत कीजिए, बल्कि महत्त्वपूर्ण बनने के लिए काम कीजिए और सफलता स्वाभाविक रूप से आएगी।''

''जो बात मैं निश्चित रूप से जानती हूँ, वह यह है कि यदि आप सफलता चाहते हैं तो सफलता को अपना लक्ष्य नहीं बना सकते हैं। महत्त्वपूर्ण यह है कि आप सफल होने की चिंता मत कीजिए, बल्कि महत्त्वपूर्ण बनने के लिए काम कीजिए और सफलता स्वाभाविक रूप से आएगी।''

25. ''यदि दोस्त आपको बार-बार निराश करते हैं तो व्यापक रूप से इसमें आपकी गलती है। एक बार यदि किसी व्यक्ति ने आत्म-केंद्रित होने की प्रवृत्ति दिखा दी तो आपके लिए जरूरी है कि आप उस प्रवृत्ति को पहचानिए और अपना ध्यान खुद रखिए; लोग सहज ही सिर्फ इसलिए नहीं बदल जाएँगे, क्योंकि आप चाहते हैं कि वे बदल जाएँ।''

26. ''तुच्छ लड़कियों से दूर रहिए।''

...और अपने चेहरे के बारे में नकारात्मक विचारों को अलविदा कीजिए।

क्या आप उस संस्कृति के साथ अपना टकराव रोकने के लिए तैयार हैं, जो हम में से बहुत सारे लोगों को यह महसूस कराती है कि हम शारीरिक रूप से अपर्याप्त हैं ? अपने भीतरी आलोचक को अलविदा कहिए और यह प्रतिज्ञा कीजिए कि आप अपने साथ-साथ दूसरों के लिए भी दयालु होंगे।

आइए, मिलकर लड़ते हैं। अपने आपके साथ दयालु, क्षमा करनेवाला तथा उदार बनें। अगली बार जब आप शीशे में देखें तो इस बात की अनदेखी कर दें कि आप बहुत मोटे हैं या बहुत पीले हैं, बहुत फीके हैं या आपकी उम्र ज्यादा है, आपकी आँखें बहुत छोटी हैं या आपकी नाक बहुत बड़ी है। बस, शीशे में देखिए और अपने चेहरे पर नजर डालिए। जब आलोचनाएँ समाप्त हो जाएँ और तब आप देखेंगे तो आपको बिना किसी मूल्यांकन के अपना चेहरा दिखाई देगा और इस विश्व के बारे में अपने अनुभवों को बदलने की दिशा में यह पहला कदम है।''

27. 'जब लोग आपको यह दिखाते हैं कि वे कौन हैं तो पहली बार उन पर विश्वास कीजिए।'

—माया एंजेलो

इसे याद रखिए, क्योंकि यह आपके जीवन में बार-बार होगा। जब आपको लोग यह दिखाते हैं कि वे कौन हैं तो पहली बार उन पर विश्वास कीजिए, न कि 29वीं बार। जब पहली बार कोई व्यक्ति आपको पलटकर कॉल नहीं करता है, जब आपके साथ पहली बार दुर्व्यवहार किया जाता है, जब किसी व्यक्ति में पहली बार आपको निष्ठा की कमी या बेईमानी नजर आती है तो यह जान लीजिए कि यह बार-बार होगा,

जीवन में किसी-न-किसी बिंदु पर आपको यह आहत करेगा और यह आपके मन में बैठ जाएगा। सच्चाई के साथ अपना जीवन जिएँ। जो आप हैं नहीं, वैसा बनने का दिखावा न कीजिए। यदि आप सच्चाई के दृष्टिकोण से जीवन जीते हैं तो आप किसी भी चीज से बच सकते हैं।''

अपने आपके साथ दयालु, क्षमा करनेवाला तथा उदार बनें। अगली बार जब आप शीशे में देखें तो इस बात की अनदेखी कर दें कि आप बहुत मोटे हैं या बहुत पीले हैं, बहुत फीके हैं या आपकी उम्र ज्यादा है, आपकी आँखें बहुत छोटी हैं या आपकी नाक बहुत बड़ी है। बस, शीशे में देखिए और अपने चेहरे पर नजर डालिए।

28. ''लंबी कार में सभी आपके साथ सफर करना चाहते हैं; लेकिन आपको किसी ऐसे व्यक्ति की तलाश होती है, जो लंबी कार के खराब हो जाने की स्थिति में बस में भी आपके साथ सफर करे।''
29. ''जैसे-जैसे आपको यह स्पष्ट होता है कि वास्तव में आप कौन हैं, तो आप यह निश्चित करने में अधिक सक्षम होंगे कि आपके लिए क्या श्रेष्ठ है—लगभग पहली बार।''
30. ''पुस्तकें मेरे लिए व्यक्ति-स्वतंत्रता प्राप्त करने का साधन थीं। मैंने तीन वर्ष की उम्र में पढ़ना सीखा और मुझे जल्द ही यह पता चल गया कि जीतने के लिए एक पूरा संसार है, जो मिसीसिपी में हमारे खेत से परे है।''
31. ''मेरे लिए प्रमुख जीवन बनाना, कई मिलियन डॉलर के फैसले करना अपने बरामदे के सामने के हिस्से में बिछाने

के लिए कारपेट के चयन की तुलना में आसान है। यही सच्चाई है।''

32. ''जब तक आप फैसला नहीं करते, कुछ भी नहीं होता। फैसला कीजिए और अपने जीवन को आगे बढ़ते हुए देखिए।''
33. ''मुझे एक विशिष्ट क्षण याद है, अपनी नानी को कपड़े सुखाने के लिए उसे रस्सी पर फैलाते देखना और उनका मुझे यह कहना, 'तुम्हें भी यह काम करने के लिए इसे सीखना है,' और मेरा जागरूकता के उस क्षण में होना और यह जानना कि मेरी जिंदगी भी ऐसी नहीं होगी, जैसी मेरी नानी की है।''
34. ''मैंने अपने पूरा जीवन यही चाहा कि लोगों को हमदर्दी की स्थिति में प्रेरित करूँ। कृतज्ञता की स्थिति में प्रेरित करूँ। मैं चाहती हूँ कि हम सभी अपनी सबसे बड़ी संभाव्यता को पूरा करें। अपनी जीवन-वृत्ति ढूँढ़ो और उसे जीने का साहस इकट्ठा करो।''
35. ''जिस बात को मैं निश्चित रूप से जानती हूँ, वह यह है कि निम्नतर स्थिति में जाने के लिए आपको नहीं बनाया गया है, बल्कि और उन्नत अवस्था में पहुँचने के लिए आपको बनाया गया है और अधिक शानदार तथा अधिक विशिष्ट होने के लिए।''
36. ''सबसे बड़ा साहसिक कार्य, जो आप कर सकते हैं, वह है—अपने सपनों के जीवन को जीना।''
37. ''अपनी जीवन-वृत्ति की लय को सुनिए और उसे समझिए।''
38. यदि कृतज्ञता के साथ किया जाए तो कोई भी भाव छोटा नहीं है।

□

हार्वर्ड में ओपरा

ओपरा के पास सबके लिए जीवन की सीख है, चाहे वे टेलीविजन के दर्शक हों या हार्वर्ड के विद्यार्थी, सभी ओपरा से कुछ-न-कुछ सीख सकते हैं। नीचे दिया गया उद्धरण 2013 को ओपरा द्वारा प्रतिष्ठित हार्वर्ड यूनिवर्सिटी के विद्यार्थियों को दीक्षांत समारोह में दिए गए भाषण से लिया गया है—

आह, मैं हार्वर्ड में हूँ! वाह! अध्यक्ष फॉस्ट, मेरे साथी कार्ल (मूलर) यह आकर्षक है। आपका बहुत-बहुत धन्यवाद तथा जेम्स रोदनबर्ग, स्टेफनी विल्सन, हार्वर्ड के शिक्षक तथा मेरे मित्र डॉ. हेनरी लेविस गेटस को मेरे विशेष अभिवादन के साथ मेरा धन्यवाद। सभी पूर्व छात्र, क्लास ऑफ 88 को विशेष अभिवादन के साथ, आपका 11.5 करोड़ डॉलर और आपको, हार्वर्ड की कक्षा के सदस्यों को मेरा अभिवादन।

आपके जीवन के इस अध्याय के समापन समारोह तथा अगले अध्याय की शुरुआत का एक हिस्सा बनने के लिए मुझे आमंत्रित करने के लिए मैं आपका धन्यवाद करती हूँ। यह कह देने से कि मैं सम्मानित महसूस करती हूँ, उस आभार की गहराई को परिभाषित करना भी शुरू नहीं करता है, जो वास्तव में हार्वर्ड के मानद डॉक्टरेट के साथ आता है। मिसीसिपी के ग्रामीण क्षेत्रों से बहुत सारी छोटी लड़कियों को यहाँ कैंब्रिज तक पहुँचने का सौभाग्य नहीं मिला है। मैं आपको बता सकती हूँ कि आज मैं जब इस सुबह स्टेज पर बैठी हूँ तो मुझे आपके लिए

और फिर अपने आप के लिए आँखों में आँसू आ रहे हैं। मैं समझती हूँ, आज का दिन बहुत ही लंबी एवं धन्य यात्रा में मील का पत्थर है। आज मेरी एक आशा है कि मैं प्रेरणा का एक स्रोत बन सकूँ। मैं अपने कथन में किसी भी ऐसे व्यक्ति को संबोधित करने जा रही हूँ, जिसने कभी भी खुद को निम्नतर या वंचित समझा हो, जीवन से परेशान हुआ हो। यह भाषण क्वेड (Quad) के लिए है।

वास्तव में, मैं इतनी सम्मानित हूँ कि मैं वास्तव में आपके लिए कुछ विशेष करना चाहती थी। मैं चाहती थी कि मैं आपको यह बता पाती कि आप अपनी सीट के नीचे देखें और आपको स्वतंत्र मास्टर एवं डॉक्टरेट की डिग्री मिलेगी, लेकिन मैं देख रही हूँ कि आपने उसे पहले ही ढक दिया है। मैं आपके साथ बिल्कुल निष्पक्ष होना चाहती हूँ। पिछले कुछ सप्ताह में मैं बहुत दबाव में रही, ताकि आपके सामने कुछ ऐसा प्रस्तुत कर सकूँ, जिसे आपने पहले कभी सुना न हो; क्योंकि सबसे बड़ी बात आप हार्वर्ड के छात्र हैं। मैं कभी हार्वर्ड नहीं गई। फिर मुझे यह एहसास हुआ कि सनक-प्रेरित टाइप 'ए' व्यक्तित्व पाने के लिए आपको आवश्यक रूप से हार्वर्ड जाने की जरूरत नहीं है, लेकिन इससे मदद मिलती है और मैंने जबकि यहाँ से चाहे डिग्री प्राप्त न की हो, मैं स्वीकार करती हूँ कि मेरा व्यक्तित्व भी उतना ही हार्वर्ड जैसा है, जितना वे आते हैं।

> ***मैं कभी हार्वर्ड नहीं गई। फिर मुझे यह एहसास हुआ कि सनक-प्रेरित टाइप 'ए' व्यक्तित्व पाने के लिए आपको आवश्यक रूप से हार्वर्ड जाने की जरूरत नहीं है, लेकिन इससे मदद मिलती है और मैंने जबकि यहाँ से चाहे डिग्री प्राप्त न की हो, मैं स्वीकार करती हूँ कि मेरा व्यक्तित्व भी उतना ही हार्वर्ड जैसा है, जितना वे आते हैं।***

आप जानते हैं, टेलीविजन में मेरे कैरियर की शुरुआत अनपेक्षित

रूप से हुई। जैसा कि आपने सुना, मैं मिस फायर प्रिवेंशन मुकाबले में व्यस्त थी। जब मैं टेनेसी के नैशविले में थी और उस समय मेरी उम्र 16 वर्ष की थी और उस समय तक, जब मैंने प्रतियोगिता में प्रवेश किया तो यह जरूरी होता था कि आपके बाल लाल होने चाहिए जीतने के लिए। इसलिए उस समय प्रश्न-उत्तर सत्र चल रहा था और मुझे मालूम था कि मंस्वीम सूट प्रतियोगिता में नहीं जीत सकती। उस समय प्रश्न-उत्तर सत्र के दौरान यह प्रश्न आया कि "मैडम आप बड़ी होकर क्या बनना चाहोगी?" और जब तक वे मुझ तक पहुँच पाते, सारे अच्छे उत्तर खत्म हो चुके थे। उस दिन मैंने सुबह के समय बारबरा वाल्टर्स का 'टुडे शो' देखा था। मैंने जवाब दिया, "मैं एक पत्रकार बनना चाहूँगी। मैं दूसरों की कहानियाँ इस तरह से बताऊँगी कि उनके जीवन तथा इस विश्व में उसका कुछ प्रभाव पड़े और जैसे ही वे शब्द मेरे मुँह से बाहर आ रहे थे, मैं अचंभित थी। यह तो अच्छा है। मैं पत्रकार बनना चाहूँगी। मैं बदलाव लाना चाहती थी। जब मेरी उम्र 19 वर्ष की थी तो मैं टेलीविजन पर प्रोग्राम करती थी। और वर्ष 1986 में पहले सफल होने के दृढ़ संकल्प के साथ मैंने अपना टेलीविजन कार्यक्रम शुरू किया। मैं प्रतिस्पर्धा को लेकर

'दि ओपरा विनफ्रे शो' इक्कीस वर्षों तक हमारे निर्धारित समय में शीर्ष पर था और मैं आपको बताना चाहूँगी कि सफलता के उस स्तर को पाकर मैं काफी सहज हो गई, लेकिन कुछ वर्षों पहले मैंने यह फैसला किया कि और किसी-न-किसी बिंदु पर आप भी करेंगे, अब समय आ गया है, मुझे पुनः आकलन करना चाहिए, नए क्षेत्रों की तलाश करनी चाहिए और नए प्रयास करने चाहिए। इसलिए मैंने इस शो का समापन किया और ओ.डब्ल्यू.एन. 'दि ओपरा विनफ्रे नेटवर्क' की शुरुआत की।

बड़ी घबराई हुई थी और फिर मैं खुद ही अपने प्रतिस्पर्धा बन गई और हर वर्ष अपने प्रतिस्पर्धा के स्तर को बढ़ाती गई और स्वयं को मैं ही जानती हूँ कि कितनी कठोरता से मैं खुद को आगे ढकेलती रही। क्या यहाँ मौजूद किसी भी व्यक्ति को यह परिचित लगता है? अंततः हमने इस शो को शीर्ष पर पहुँचा था और पच्चीस वर्षों तक हम शीर्ष पर रहे।''

'दि ओपरा विनफ्रे शो' इक्कीस वर्षों तक हमारे निर्धारित समय में शीर्ष पर था और मैं आपको बताना चाहूँगी कि सफलता के उस स्तर को पाकर मैं काफी सहज हो गई, लेकिन कुछ वर्षों पहले मैंने यह फैसला किया कि और किसी-न-किसी बिंदु पर आप भी करेंगे, अब समय आ गया है, मुझे पुनः आकलन करना चाहिए, नए क्षेत्रों की तलाश करनी चाहिए और नए प्रयास करने चाहिए। इसलिए मैंने इस शो का समापन किया और ओ.डब्ल्यू.एन. 'दि ओपरा विनफ्रे नेटवर्क' की शुरुआत की। यह संक्षिप्त नाम मेरे लिए काफी सकारात्मक रहा। ओ.डब्ल्यू.एन. की शुरुआत के एक साल बाद लगभग सभी मीडिया नेटवर्क ने यह घोषणा की कि मेरा नया उपक्रम असफल रहा। न सिर्फ असफल, बल्कि उन्होंने इसे बहुत बड़ी और प्रमुख असफलता बताया। मुझे आज भी यह याद है कि मैंने जैसे ही 'यू.एस. टुडे' खोला और सुर्खियाँ 'ओपरा, नॉट क्वाइट स्टैंडिंग ऑन हर ऑन' पढ़ी। मेरा अभिप्राय है, सचमुच में 'यू.एस.ए. टुडे'। अब यह एक अच्छा अखबार था। सचमुच में पिछले वर्ष यह समय मेरे व्यावसायिक जीवन का सबसे बुरा दिन था। तनावग्रस्त थी, मैं निराश थी और ईमानदारी से कहूँ तो मैं सच में शर्मिंदा थी। ठीक लगभग उसी समय अध्यक्ष फॉस्ट में बुलाया और मुझे वहाँ बोलने के लिए कहा। मैंने सोचा कि आप चाहते हैं कि हार्वर्ड के स्नातकों से बात करूँ? मैं हार्वर्ड के स्नातकों से वास्तव में क्या कह सकती हूँ? उसी क्षण विश्व के सफलतम स्नातकों से कुछ स्नातक, जब मेरी सफलता रुक गई थी? इसलिए मैं अध्यक्ष फॉस्ट का फोन बंद करने के बाद

झरने के पास गई। या तो यह या थाल भरकर ओरियो चाहिए था। मैंने झरने का चयन किया। मैं बहुत देर तक झरने के नीचे ही रही और जब मैं झरने के नीचे थी, तभी स्तुति गीत के ये शब्द मुझे याद आ गए। हो सकता है कि आपको यह मालूम न हो। वे शब्द हैं—'धीरे-धीरे, जब सुबह होती है।' और फिर मैं यह सोचने लगी कि शायद कभी तो सवेरा होगा, क्योंकि उस समय मैंने सोचा कि मैं एक छिद्र में अटक गई थी और फिर मेरे मन में उसी स्तुति-गान के ये शब्द आए, 'कठिनाइयाँ हमेशा ज्यादा देर तक नहीं रुकतीं' और 'यह भी गुजर जाएगा और जैसे ही झरने से बाहर निकली, मैं इस चीज को बिल्कुल ही बदल दूँगी और मैं इसमें श्रेष्ठ बन जाऊँगी और जब मैं इसमें सफल रही तो मैं हार्वर्ड जाऊँगी और इसके बारे में सच्चाई बताऊँगी, इसलिए आज मैं आपको यह बताने के लिए यहाँ हूँ कि मैंने उस नेटवर्क को बिल्कुल बदल दिया है।'

मैंने झरने का चयन किया। मैं बहुत देर तक झरने के नीचे ही रही और जब मैं झरने के नीचे थी, तभी स्तुति गीत के ये शब्द मुझे याद आ गए। हो सकता है कि आपको यह मालूम न हो। वे शब्द हैं—'धीरे-धीरे, जब सुबह होती है।'

और यह सबकुछ इसलिए हुआ, क्योंकि मुझे जब आपको संबोधित करने का मौका मिले, तब तक मुझे यह कर लेना था, इसलिए आप सबका बहुत-बहुत धन्यवाद। आपको नहीं मालूम कि आप मेरे लिए कितने प्रेरक थे! धन्यवाद। मुझे आपके साथ उस मौलिक सच्चाई को बाँटने में गर्व का अनुभव होगा, जो हार्वर्ड के स्नातक के रूप में भी हो सकता है, आपको तब तक पता नहीं हो, जब तक कि आप प्रोफेसर नेगी के साथ प्राचीन यूनानी नायक का अध्ययन नहीं करते हैं। आज सुबह जब हम यहाँ के लिए आ रहे थे तो प्रोफेसर नेगी ने कहा, ''मिस विनफ्रे, कृपया निर्णायक ढंग से चलिए।''

मैं निर्णायक ढंग से चलूँगी।

यही मैं आपके साथ बाँटना चाहती हूँ। इससे कुछ फर्क नहीं पड़ता कि आप कहाँ तक ऊपर उठ सकते हैं। किसी-न-किसी बिंदु पर आपको ठोकर लगेगी; क्योंकि यदि आप उस सीमा को हटाकर लगातार वही करते रहते हैं, जो हम करते हैं तो यदि आप अपने आपको श्रेष्ठ प्रदर्शन के लिए प्रेरित करते हैं तो औसत का नियम जितना ऊँचा होता है, अगर हम इकारस के मिथ की चर्चा न करें तो जो यह भविष्यवाणी करती है कि किसी-न-किसी बिंदु पर आप गिरेंगे और जब आप गिरते हैं तो मैं यह चाहती हूँ कि आपको यह मालूम हो। याद रखिए, असफलता जैसी कोई चीज है ही नहीं। असफलता तो बस, वह जीवन है, जो चाहती है कि हम दूसरी दिशा में आगे बढ़ें। अब जबकि आप उस कठिन स्थिति में फँस गए हैं तो यह असफलता लगती है। इसलिए इस गुजरे वर्ष में मुझे अपने आपको इन शब्दों के महत्त्व को समझाना पड़ा और जब आप कठिनाई में घिरे होते हैं और वह क्षण आता है तो कुछ क्षण के लिए बुरा महसूस करना कोई बड़ी बात नहीं है। अपने आपको उस बात का दु:ख मनाने का समय दीजिए, जो आपको लगता है कि आपने शायद खो दिया, लेकिन यही तो कुंजी है। हर गलती से सीखिए, क्योंकि

याद रखिए, असफलता जैसी कोई चीज है ही नहीं। असफलता तो बस, वह जीवन है, जो चाहती है कि हम दूसरी दिशा में आगे बढ़ें। अब जबकि आप उस कठिन स्थिति में फँस गए हैं तो यह असफलता लगती है। इसलिए इस गुजरे वर्ष में मुझे अपने आपको इन शब्दों के महत्त्व को समझाना पड़ा और जब आप कठिनाई में घिरे होते हैं और वह क्षण आता है तो कुछ क्षण के लिए बुरा महसूस करना कोई बड़ी बात नहीं है।

हर अनुभव, जो आपने किया है, विशेषकर आपकी गलतियाँ आपको सिखाने के लिए होती हैं और आप जो कुछ भी हैं, उससे स्वयं को श्रेष्ठ बनाने के लिए आपको विवश करती हैं और फिर यह देखिए कि अगला सही कदम क्या है। जीवन की कुंजी यह है कि आंतरिक नैतिकता, भावनात्मक जी.पी.एस. का विकास कीजिए, जिससे आपको यह संकेत मिले कि जाना किधर है; क्योंकि आज और हमेशा ही आप जितना ज्यादा अपने बारे में गूगल पर सूचनाओं की तलाश करते हैं, आपको अपनी तलाश का परिणाम 'हार्वर्ड 2013' आएगा। अति प्रतिस्पर्धात्मक विश्व में जो सचमुच में परिचय-पत्र है, क्योंकि मैं आपको बता सकती हूँ कि मैं, जो अनेक लोगों को नौकरी देती हूँ, जब मैं 'हार्वर्ड' देखती हूँ तो थोड़ा और सीधी होकर बैठ जाती हूँ और कहती हूँ, "वह कहाँ है?"

यह एक प्रभावशाली परिचय-पत्र है, जो आनेवाले समय में और अधिक प्रभावशाली बड़ा निशान छोड़ सकता है—वकील, सीनेटर, सी.ई.ओ., वैज्ञानिक, भौतिक-शास्त्री, पुलित्जर या नोबेल पुरस्कार विजेता या देर रात के टॉक शो के प्रस्तुतकर्ता के रूप में, लेकिन जीवन की चुनौती जो मैंने महसूस की है, वह है अपना एक ऐसा संक्षिप्त विवरण तैयार करना, जो सहज ही न सिर्फ यह बताए कि आप क्या बनना चाहते हैं, बल्कि जिससे यह भी पता चले कि आप क्या बनना चाहते हैं। यह आपका ऐसा संक्षिप्त विवरण हो, जो न सिर्फ यह बताए

एक ऐसी कहानी, जो न सिर्फ शीर्षकों एवं पदों का संग्रह हो, बल्कि वह वास्तव में आपके उद्देश्य की कहानी हो; क्योंकि जब अवश्यंभावी रूप से आपको ठोकर लगती है और आप अपने आपको कठिन परिस्थिति में फँसा हुआ पाते हैं, यही कहानी आपको उससे बाहर निकालेगी। आपका वास्तविक पेशा क्या है, आपका धर्म क्या है, आपका उद्देश्य क्या है?

कि आप क्या करना चाहते हैं, बल्कि यह भी पता चले कि आप वह क्यों करना चाहते हैं। एक ऐसी कहानी, जो न सिर्फ शीर्षकों एवं पदों का संग्रह हो, बल्कि वह वास्तव में आपके उद्देश्य की कहानी हो; क्योंकि जब अवश्यंभावी रूप से आपको ठोकर लगती है और आप अपने आपको कठिन परिस्थिति में फँसा हुआ पाते हैं, यही कहानी आपको उससे बाहर निकालेगी। आपका वास्तविक पेशा क्या है, आपका धर्म क्या है, आपका उद्देश्य क्या है? मुझे यह सबकुछ सन् 1994 में पता चला, जब मैंने एक छोटी लड़की का साक्षात्कार किया, जिसमें जरूरतमंदों की मदद के लिए पॉकेट चेंज इकट्ठा करने का फैसला किया था। उसने अकेले ही 1,000 डॉलर इकट्ठा किया और मैंने सोचा कि यदि यह नौ वर्ष की छोटी सी लड़की बाल्टी एवं बड़े दिल के साथ ऐसा कर सकती है, मुझे अचरज है कि मैं क्या कर सकती हूँ? इसलिए मैंने अपने दर्शकों से उन्हें अपने छुट्टे पैसे को इकट्ठा करने के लिए कहा और सिर्फ एक माह में ही छोटे-छोटे पैसों से ही हमने 30 लाख डॉलर से भी ज्यादा इकट्ठा कर लिये और उन पैसों को हमने संयुक्त राज्य अमेरिका के हर राज्य से एक विद्यार्थी को कॉलेज भेजने के लिए प्रयोग किया। एंजिल नेटवर्क की यह शुरुआत थी।

मैंने क्या किया? मैंने तो अपने दर्शकों से बस, यह पूछा कि "वह काम करो, जो आप कर सकते हो, चाहे आप जहाँ भी हो, जहाँ कहीं से भी आप जीवन में स्थापित हों। मुझे अपना समय या अपनी प्रतिभा दीजिए। अगर आपके पास पैसा है तो वह दीजिए।" और उन सबने यह किया। जहाँ भी आप कर सकते हैं, अन्य मनुष्यों के साथ दयालुता का व्यवहार कीजिए। हमने साथ मिलकर बारह विभिन्न देशों में 55 स्कूलों का निर्माण किया और लगभग 300 घर बनवाए, जो रीटा और कैटरीना तूफान में तबाह हो गए थे। मैं प्रसारण की दुनिया में काफी लंबे समय से हूँ; लेकिन एंजिल नेटवर्क ने ही वास्तव में मेरे आंतरिक जी.पी.एस.

को केंद्रित किया। इससे मुझे यह फैसला करने में मदद मिली कि मैं हर दिन बस, टी.वी. की दुनिया में ही सिमटकर नहीं रहूँगी, बल्कि मेरे शो, मेरे साक्षात्कार, मेरे व्यवसाय, मेरे समस्त मानवतावादी कार्यों, मैं चाहे जो भी उपक्रम करूँ, का लक्ष्य यह स्पष्ट करना होगा कि जो चीज हमें जोड़ती है, वह उन चीजों की तुलना में, जो हमें अलग करती है, यह अंततः अधिक मुक्ति दिलानेवाली और सम्मोहक है, क्योंकि जो चीज मुझ पर स्पष्ट हो गई थी और मैं चाहती हूँ कि आप भी समझें कि यह हमेशा शुरू में ही स्पष्ट नहीं होती है, क्योंकि, जैसा कि मैंने कहा कि मैं उन्नीस वर्ष की उम्र से ही टेलीविजन की दुनिया में हूँ, लेकिन लगभग सन् 1994 में ही मुझे पता चला कि मुझे क्या करना चाहिए। इसलिए यह अपेक्षा मत कीजिए कि स्पष्टता एकाएक आ जाएगी, अपना उद्‌देश्य अभी ही जानने के लिए, जो मुझे स्पष्ट हुआ, वह यह था कि इस पृथ्वी पर मेरा अस्तित्व टेलीविजन का प्रयोग करने के लिए है, न कि इसके द्वारा प्रयुक्त हो जाने के लिए। अच्छे संदेशों के जरिए मानवता को आलोकित करने के लिए टेलीविजन का प्रयोग करने के लिए। इसलिए इस 'एंजिल नेटवर्क' ने न सिर्फ उन लोगों का जीवन बदल दिया, जिनकी मदद की गई थी, बल्कि उनका जीवन भी बदला, जिन्होंने मदद की थी। इससे हमें यह याद आता है कि चाहे हम जो भी

> ***जहाँ भी आप कर सकते हैं, अन्य मनुष्यों के साथ दयालुता का व्यवहार कीजिए। हमने साथ मिलकर बारह विभिन्न देशों में 55 स्कूलों का निर्माण किया और लगभग 300 घर बनवाए, जो रीटा और कैटरीना तूफान में तबाह हो गए थे। मैं प्रसारण की दुनिया में काफी लंबे समय से हूँ; लेकिन एंजिल नेटवर्क ने ही वास्तव में मेरे आंतरिक जी.पी.एस. को केंद्रित किया।***

हैं या हम जैसे भी लगते हैं, चाहे हम जो भी विश्वास करते हैं, ये दोनों ही संभव हैं और उससे भी महत्त्वपूर्ण यह है कि सामान्य उद्देश्य एवं सामान्य प्रयास के लिए एकजुट होने से यह शक्तिशाली बन जाता है।

हाल ही में मैंने 'बिलमूर शो' पर कुछ देखा। उससे मुझे इस बात की याद आई। वह डेविड तथा फ्रेंसीन व्हीलर के साथ भेंटवार्त्ता थी। सैंडी हूक ट्रेजडी में उन्होंने अपने सात वर्षीय बेटे बेन को खो दिया। तब भी उसी समय, जब कांग्रेस में पृष्ठभूमि पड़ताल के लिए बंदूक सुरक्षा अधिनियम के विरुद्ध मत डाला गया, उस समय उनकी भेंटवार्त्ता चल रही थी और भेंटवार्त्ता में उन्होंने बताया कि किस प्रकार उन्होंने स्वयं को हतोत्साहित होने से रोका। फ्रेंसीन ने कहा, ''हमारे दिल तो टूट गए हैं, लेकिन हमारा उत्साह नहीं टूटा है। मैं उनको यह बताने वाली हूँ कि उस परिवर्तन के बारे में बातचीत का पता लगना, जिसे प्यार कहते हैं और मैं उनके साथ बिना लड़ाई किए ही यह करने जा रही हूँ।'' फिर उनके पति डेविड ने आगे यह कहा, ''आप सिर्फ इसलिए किसी को बुरा या गंदा नहीं कह सकते हैं, क्योंकि वह आपकी बातों से सहमत नहीं है, क्योंकि जिस क्षण आप यह कहते हैं, उसी क्षण चर्चा खत्म। हम यह ज्यादा दिनों तक नहीं कर सकते हैं। समस्या बहुत बड़ी है। कोई तरीका होना चाहिए, जिससे प्रकाश के माध्यम से इस अँधेरे को दूर किया जा सके।

> *फ्रेंसीन ने कहा, ''हमारे दिल तो टूट गए हैं, लेकिन हमारा उत्साह नहीं टूटा है। मैं उनको यह बताने वाली हूँ कि उस परिवर्तन के बारे में बातचीत का पता लगना, जिसे प्यार कहते हैं और मैं उनके साथ बिना लड़ाई किए ही यह करने जा रही हूँ।''*

''हमारे राजनीति तंत्र में और मीडिया में भी हमें प्राय: उस देश का प्रतिबिंब दिखाई दे देता है, जो ध्रुवीकृत है, जो शिथिल है तथा

आत्म-केंद्रित है, फिर भी मुझे मालूम है कि आपको सच्चाई पता है। हम सभी जानते हैं कि हम उस सनक और निराशावाद से बेहतर हैं, जो पूरे वाशिंगटन में तथा 24 घंटे केवल समाचार-चक्र में उगला जाता है। संदर्भगत, मेरे चैनल में नहीं। हम समझते हैं कि इस देश में जनसंख्या का बहुमत पृष्ठभूमि की कड़ी पड़ताल में विश्वास करता है; क्योंकि उन्हें लगता है कि हम सेकंड अमेंडमेंट को बनाए रख सकते हैं और उस हिंसा को भी रोक सकते हैं, जो हमसे हमारे बच्चे छीन रही है। उन्हें अनुपयुक्त नहीं होना चाहिए।''

हम समझते हैं कि अधिकांश अमेरिकी उन 1,20,00,000 गैर-दस्तावेजी अप्रवासियों के लिए नागरिकता के स्पष्ट मार्ग में विश्वास करते हैं, जो इस देश में निवास करते हैं; क्योंकि अपने कानूनों को लागू करने के साथ ही 'स्टेच्यू ऑफ लिबर्टी' पर शब्दों को अंगीकार करना दोनों ही संभव है, जिसने अपने तट पर एकत्र जनों की पीढ़ियों का स्वागत किया है। हम दोनों ही काम कर सकते हैं।

और हम समझते हैं। मैं जानती हूँ कि आप भी समझते हैं, क्योंकि आपने हार्वर्ड में शिक्षा प्राप्त की है। दोनों ही दलों में ऐसे लोग हैं और कोई भी दल (जो) यह विश्वास करते हैं कि परिश्रमी माताओं एवं परिवारों को स्वस्थ भोजन तथा सिरों पर छत व मजबूत सार्वजनिक शिक्षा उपलब्ध होनी चाहिए; क्योंकि पृथ्वी के समृद्धतम देशों में हमें मौलिक स्तर की सुरक्षा और अवसर उपलब्ध हों। इसलिए प्रश्न यह है कि इस संबंध में हम क्या करने जा रहे हैं? सचमुच में, आप इस संबंध में क्या करने वाले हैं? आप शायद इन धारणाओं से सहमत हों या शायद आप न भी हों। हो सकता है कि आपको इन समस्याओं की परवाह हो और हो सकता है कि दूसरी चुनौतियाँ भी हों, जिसके प्रति वर्ष 2013 का वर्ग अधिक उत्साही हो। सरकार की सेवा द्वारा शायद आप कुछ बदलाव लाना चाहते हों। आप शायद अपना टेलीविजन शो शुरू करना चाहते हों

या आप शायद बस, कुछ रेजगारी ही इकट्ठा करना चाहते हों। आज इसकी प्रशंसा आपके माता-पिता करेंगे। मुद्दा यह है कि आपकी पीढ़ी को इसे तोड़ने का उत्साह है, जिसे राजनीति संबंधी निकाय ने अब तक परिवर्तन के प्रति अभेद्य बनाए रखा है। आप में से प्रत्येक इस प्रतिष्ठित संस्था से शिक्षा प्राप्त करने के अथाह अवसर को प्राप्त करके धन्य है। जब आप वह करते हैं तो आइए, मैं आपको वह बताती हूँ, जो मैं पक्के तौर पर जानती हूँ। तभी आपकी कहानी सच में अच्छी बनती है। माया एंजेलो हमेशा कहती हैं, "जब आप सीखते हैं तो सिखाइए। जब आपको कुछ मिलता है तो आप दूसरों को दीजिए। मेरे दोस्तो, इसी से आपकी कहानी को उद्देश्य एवं अर्थ मिलता है। इसलिए आप सभी के पास अपने तरीके से 'एंजिल नेटवर्क' का विकास करने की क्षमता है और ऐसा करके आपका वर्ग इतिहास की अन्य पीढ़ियों की तुलना में प्रभाव एवं शक्ति के अधिक अस्त्रों से सुसज्जित होगा। मैंने सादृश्य संसार में यह किया। मैं सौभाग्यशाली थी कि मेरे पास एक ऐसा प्लेटफॉर्म था, जो अपने चरम पर एक दिन में लगभग 2,00,00,000 दर्शकों तक पहुँचता था। आज ट्वीटर, फेसबुक, यूट्यूब तथा टंबलर जगत् में आप सेकंडों में ही अरबों लोगों तक पहुँच सकते हैं। आप वह पीढ़ी हैं, जिसने वर्ष 2008 में रिकॉर्ड संख्या में वोट डालकर अपने अलगाव एवं अव्यस्तता की भविष्यवाणी को गलत साबित कर दिया और जब पंडित ने कहा, 'उन्होंने कहा कि उन्होंने आपके बारे में बात की, उन्होंने कहा कि आप बड़े निराश होंगे, आप वर्ष 2012 के चुनाव में भी उसी प्रकार की सक्रियता को दोहराकर बड़े निराश होंगे और आपने उससे भी बड़ी संख्या में अपनी सक्रियता दिखाकर उन्हें गलत साबित कर दिया। यही आपकी शक्ति है।'

मैं जानती हूँ कि इस पीढ़ी, आपकी पीढ़ी ने बी.एस. के लिए एक प्रखर रडार का विकास किया है। क्या आप कह सकते हैं कि बी.एस.,

हार्वर्ड में चक्कर, आवाज तथा कृत्रिम अश्लीलता हमारे राष्ट्रीय वाद-विवाद को इतना भिगो चुके हैं ? मुझे मालूम है कि अधिकांश लोगों की तुलना में आप बेहतर समझते हैं कि सही विकास के लिए एक सच्चे तरीके, ईमानदारी और सबसे बढ़कर संवेदना की जरूरत होती है। मुझे यह कहना है कि पच्चीस वर्षों में मैंने जो एकमात्र चीज सीखी है, वह भी हर दिन लोगों से बातें करके, वह यह है कि हमारे मानवीय अनुभवों में एक सामान्य विभाजक है। मैं आपको बताती हूँ कि हम में से अधिकांश लोग यह नहीं चाहते कि उन्हें विभाजित किया जाए। हम जो चाहते हैं, हर एक भेंटवार्त्ता में जो सामान्य विभाजक मैंने पाया, वह यह है कि हम चाहते हैं कि हम विधिमान्य हों। हम चाहते हैं कि हमें समझा जाए। मैंने अपने कॅरियर में लगभग 35,000 साक्षात्कार किए हैं और ज्यों ही कैमरा बंद होता है, हर व्यक्ति हमेशा हमारे पास आता है और आवश्यक रूप से वे अपने तरीके से यह प्रश्न पूछते हैं, "क्या वह ठीक था?" मैंने राष्ट्रपति बुश से यह सुना, मैंने राष्ट्रपति ओबामा से यह सुना। मैंने नायकों एवं गृहिणियों से यह सुना। मैंने अपराध का षड्यंत्र करनेवालों तथा अपराध के शिकार लोगों से यह सुना। मैंने इसे बियोनस तथा बियोनसवादिता से भी यह सुना। वह अपनी प्रस्तुति समाप्त करती है, मुझे माइक्रोफोन देती है और कहती है, "क्या वह ठीक था?" मित्रों एवं परिवार, हर समस्या में हर वाद-विवाद में आपको, शत्रुओं एवं

> ***मुझे मालूम है कि अधिकांश लोगों की तुलना में आप बेहतर समझते हैं कि सही विकास के लिए एक सच्चे तरीके, ईमानदारी और सबसे बढ़कर संवेदना की जरूरत होती है। मुझे यह कहना है कि पच्चीस वर्षों में मैंने जो एकमात्र चीज सीखी है, वह भी हर दिन लोगों से बातें करके, वह यह है कि हमारे मानवीय अनुभवों में एक सामान्य विभाजक है।***

अपरिचितों को मैं यह कहूँगी कि वे सभी एक ही बात जानना चाहते हैं, क्या वह ठीक था? क्या आपने मुझे सुना? क्या आप मुझे देखते हैं? मैंने जो कुछ कहा, क्या इसका आपके लिए कोई अर्थ है? यद्यपि यह कॉलेज है, जहाँ फेसबुक का जन्म हुआ था। मैं आशा करती हूँ कि आप बाहर जाकर लोगों के साथ आमने-सामने बातचीत करेंगे, जिनसे हो सकता है कि आप असहमत हों।''

आप में उनसे आँखें मिलाकर बात करने और उनके विचारों को सुनने का और मदद करने का साहस होगा। यह निश्चित करें कि हमारे संसार की दूरी, गति तथा गुमनामी हमें दूसरों की स्थिति को समझने तथा उन सारी चीजों को पहचानने की हमारी क्षमता का नाश न करे, जो मनुष्य के रूप में हम साझा करते हैं। एक व्यक्ति के रूप में तथा एक राष्ट्र के रूप में हमारी सफलता के लिए यह आवश्यक है।

''कोई तो तरीका होना चाहिए, जिससे प्रकाश के माध्यम से इस अँधेरे को दूर किया जा सके।'' यह बात उस व्यक्ति ने कही, जिसके छोटे से बच्चे की दिसंबर के एक सामान्य शुक्रवार को हत्या कर दी गई। इसलिए आप इसे चाहे आत्मा या उच्च अस्तित्व या बुद्धि कहें, मैं जानती हूँ कि हम सबके भीतर एक प्रकाश है। वह प्रकाश, जो हमारे अस्तित्व को आलोकित करता है। यदि आप इस प्रकाश को आने दें तो! ग्रामीण मिसीसिपी की एक युवा लड़की के रूप में मैंने बहुत पहले ही यह बात सीखी कि बारबरा वाल्टर्स के रूप में ढोंग करने की बजाय सहज होना कहीं आसान है। यद्यपि सबसे पहले जब मैंने शुरू किया, क्योंकि उस समय मेरे दिमाग में बारबरा थी, मैं बारबरा की तरह बैठने, बातें करने, उसकी तरह चलने की कोशिश करती और तभी एक रात मैं प्रसारण में थी और समाचार पढ़ रही थी तो मैंने 'केनडा' को 'कैन-अ-डा' कहा और वहीं मेरी बारबरा की नकल करने की कहानी का अंत हो गया। मैंने टी.वी. की दुनिया में सफलता प्राप्त की। मैं हँस नहीं सकी और मेरा वास्तविक व्यक्तित्व निकल आया और मैंने समझा कि मैं बारबरा

की नकल करने की तुलना में कहीं बेहतर ओपरा हो सकती थी।

"कोई तो तरीका होना चाहिए, जिससे प्रकाश के माध्यम से इस अँधेरे को दूर किया जा सके।" यह बात उस व्यक्ति ने कही, जिसके छोटे से बच्चे की दिसंबर के एक सामान्य शुक्रवार को हत्या कर दी गई। इसलिए आप इसे चाहे आत्मा या उच्च अस्तित्व या बुद्धि कहें, मैं जानती हूँ कि हम सबके भीतर एक प्रकाश है। वह प्रकाश, जो हमारे अस्तित्व को आलोकित करता है।

मुझे मालूम है कि आपको अभी कॉलेज की आरामदेह जिंदगी को छोड़ने के बारे में तथा हार्वर्ड की उस ख्याति की परख को लेकर शायद थोड़ी चिंता एवं हिचकिचाहट होगी। यदि आपका लक्ष्य एक है, वास्तव में लक्ष्य एक ही होता है और वह लक्ष्य है—मनुष्य के रूप में अपनी उच्चतम एवं सबसे सच्ची अभिव्यक्ति को पूरा करना। आपके मार्ग में चाहे जितनी भी चुनौतियाँ आएँ, निराशा या हताशा आए, आपको सच्ची सफलता और खुशी जरूर मिलेगी। अपने आपको, ऊपर उठाकर तथा अपने परिवार और अपने आसपास के लोगों को उठाकर तथा अपनी ऊर्जा का प्रयोग करते हुए आप अपनी मानवीयता का विस्तार करना चाहते हैं। धर्मशास्त्री हार्वर्ड थर्मन ने इसे श्रेष्ठ रूप में कहा, "अपने आपसे यह मत पूछिए कि संसार की आवश्यकता क्या है? अपने आपसे यह पूछिए कि आपको क्या चीज प्रोत्साहित करती है? और फिर उसी को कीजिए; क्योंकि संसार की जो जरूरत है, वे हैं 'उत्साही लोग'। संसार को फोर्ट लाउडरडेल के माइकेल स्टोलजेनबर्ग जैसे लोगों की जरूरत है। जब माइकल की उम्र सिर्फ आठ वर्ष की थी, तभी जीवाणु संक्रमण से वह लगभग मरणासन्न हो गए और उस संक्रमण के कारण उनको अपने दोनों हाथ एवं दोनों पैर गँवाने पड़े और एक क्षण में ही यह ऊर्जावान् छोटा बच्चा कृत्रिम अंगों के सहारे चलनेवाला चौपाया बन गया और उसकी जिंदगी हमेशा के लिए बदल

गई; लेकिन वह जो था, एक बार उसे खोकर माइकल को यह पता लगा कि वह क्या बनना चाहता था! उसने पूरे दिन उस पहिएदार कुरसी पर बैठने और अपने लिए दु:खी होने से मना कर दिया; इसलिए उसने कृत्रिम अंगों के सहारे ही चलना, दौड़ना और खेलना सीख लिया। उसने अपने माध्यमिक स्कूल की लैक्टोस टीम को पिछले महीने ज्वॉइन किया और पिछले माह जब उसने यह सुना कि बोस्टन मैराथन बमबारी के शिकार अनेक लोग नए छिन्नांग बन गए हैं तो माइकल ने उस अंधकार को प्रकाश से आलोकित करने का फैसला किया। माइकल तथा उनके भाई हैरिस ने melkeysrun.com बनाया तथा छिन्नांग लोगों के लिए 10 लाख डॉलर इकट्ठा कर सके। यह काम उस समय तक करवाया, जब हैरिस ने वर्ष 2014 की बोस्टन मैराथन में भाग लिया।

> ***जब माइकल की उम्र सिर्फ आठ वर्ष की थी, तभी जीवाणु संक्रमण से वह लगभग मरणासन्न हो गए और उस संक्रमण के कारण उनको अपने दोनों हाथ एवं दोनों पैर गँवाने पड़े और एक क्षण में ही यह ऊर्जावान् छोटा बच्चा कृत्रिम अंगों के सहारे चलनेवाला चौपाया बन गया और उसकी जिंदगी हमेशा के लिए बदल गई, लेकिन वह जो था, एक बार उसे खोकर माइकल को यह पता लगा कि वह क्या बनना चाहता था।***

यहाँ से 1,000 मील से थोड़ा ज्यादा दूर स्थित ये दोनों भाई बोस्टन के इस समुदाय का समर्थन करने के लिए उसी प्रकार एकजुट रहे हैं, जिस प्रकार उनके समुदाय ने एकजुट होकर माइकल का समर्थन किया था और जब इस तेरह वर्षीय व्यक्ति से अपने साथी छिन्नांग व्यक्ति के बारे में पूछा गया तो उसने यहा कहा, "पहले तो वे दु:खी होंगे। वे ऐसी चीज खो चुके हैं, जिसे वे कभी वापस नहीं पा सकते हैं और यह भयावह है। मैं भी भयभीत था, लेकिन वे ठीक महसूस करेंगे। उन्हें अभी

तक बस, यह नहीं मालूम है।'' हमें हमेशा शायद यह न मालूम हो। हम शायद हमेशा देख नहीं सकते, समाचारों में इसे सुन नहीं सकते या अपने दैनिक जीवन में इसे महसूस भी नहीं कर सकते; लेकिन मुझे विश्वास है कि चाहे जो कुछ भी हो, वर्ष 2013 की कक्षा, आप ठीक होंगे और आप यह सुनिश्चित करेंगे कि देश ठीक हो। मुझे विश्वास है, क्योंकि वह नौ वर्षीय बच्ची बाहर निकली और उसने रेजगारी एकत्रित की। मुझे डेविड तथा फ्रेंसिन व्हीलर की वजह से भरोसा है, मुझे माइकल तथा हैरिस स्टोलजेनबर्ग की वजह से भरोसा है, मुझे आपकी वजह से विश्वास है, आज यहाँ बैठे एंजिल के नेटवर्क की वजह से भरोसा है। उनमें से एक खदीजा विलियम्स चार वर्ष पहले हार्वर्ड आई। खदीजा ने बारह वर्षों में बारह स्कूलों में शिक्षा प्राप्त की, दलालों व फूहड़ स्त्रियों तथा नशीली दवाएँ बेचनेवालों के बीच गंदगी में रहते हुए; बेघर, डिपार्टमेंटल स्टोर में सुबह में वॉलमार्ट जाकर नहाकर, ताकि सहपाठियों के सामने दुर्गंध न आए और वह हार्वर्ड में वर्ष 2013 की कक्षा की स्नातक रही है।''

कभी-कभी आपको ठोकर लग सकती है, आप गिर सकते हैं। निश्चित रूप से आप इनका आकलन भी करेंगे, निस्संदेह आपके मन में प्रश्न आएँगे, शंकाएँ भी पैदा होंगी कि हम किस रास्ते पर चल रहे हैं ? लेकिन मैं यह जानना चाहती हूँ कि आप यदि इसे सुनने के इच्छुक हैं और इससे सीखते हैं, वह अभी छोटी सी आवाज ही है और यही आपके भीतर का जी.पी.एस. है और यह जानकर कि क्या चीज आपको प्रोत्साहित करती है, आप बहुत संतुष्ट होंगे। आप खुश होंगे, सफल होंगे और आप इस संसार में परिवर्तन लाएँगे। बधाई हो वर्ष 2013 की कक्षा को! आपके परिवार एवं मित्रों को बधाई हो! आपका सौभाग्य अच्छा हो! मुझे सुनने के लिए धन्यवाद। क्या यह सही था ?

□

घटनाक्रम

1954 : वर्णिताली तथा वर्णन विनफ्रे की अवैध संतान ओपरा गेल विनफ्रे का जन्म 29 जनवरी को मिसीसिपी के कोसिऑस्की में हुआ था, जहाँ छह वर्ष की उम्र तक वह नाना–नानी हैतीमै तथा ईयरलेस ली के साथ रहीं।

1960 : ओपरा अपनी माँ वर्णिता तथा सौतेली बहन पैट्रीशिया के साथ रहने के लिए मिलवॉकी, विसकॉन्सिन चली गईं।

1962 : ओपरा ने अपने जीवन का थोड़ा सा समय अपने पिता वर्णन तथा सौतेली माँ वेल्मा के साथ नैशविले टेनेसी में बिताया तथा नैशविले के वार्टन इलिमेंट्री स्कूल में शिक्षा प्राप्त की।

1963 : जब ओपरा अपनी माँ के साथ मिलवॉके में रह रही थीं तो उनके साथ उनके चचेरे भाई ने बलात्कार किया और अन्य यौन भक्षकों द्वारा उनका शोषण किया गया।

1968 : ओपरा को मिलवॉके के निकोलेट हाई स्कूल में शिक्षा प्राप्त करने के लिए छात्रवृत्ति मिली। वर्णिता ने ओपरा को नैशविले वापस भेज दिया, जहाँ उसने एक बेटे को जन्म दिया, लेकिन जन्म के शीघ्र बाद ही बच्चे की मृत्यु हो गई। उन्होंने ईस्ट नैशविले हाई स्कूल में शिक्षा प्राप्त की, जहाँ से उन्होंने सन् 1971 में स्नातक किया। इस स्कूल में ही वे ड्रामा क्लब, द नेशनल फॉरेंसिक लीग, दि ऑनर सोसाइटी तथा विद्यार्थी परिषद् की भी सदस्या थीं और उन्हें सीनियर क्लास की

सबसे लोकप्रिय लड़की के लिए सबसे ज्यादा मत पड़े। उन्होंने 'व्हाइट कॉन्फ्रेंस' में प्रतिनिधि के रूप में भी काम किया।

1969 : इसी वर्ष किसी समय ओपरा ने एक पत्रिका रखनी शुरू की, जो वह आज भी रखती हैं।

1970 : जब ओपरा 'डब्ल्यू.वी.ओ.एल.' नैशविले रेडियो स्टेशन का प्रतिनिधित्व कर रही थीं तो ओपरा ने मिस फायर प्रिवेंशन प्रतियोगिता जीती। उनका 'प्रथम मिस ब्लैक टेनेसी' के रूप में भी चयन हुआ।

1971 : ओपरा ने हाई स्कूल की शिक्षा पूरी की और उन्हें टेनेसी स्टेट यूनिवर्सिटी में पढ़ाई के लिए छात्रवृत्ति मिली। उन्हें 'डब्ल्यू.वी.ओ.एल.' रेडियो स्टेशन में सप्ताहांत की खबर पढ़ने के लिए तथा कभी-कभी सप्ताह के दिनों की खबरें पढ़ने के लिए नियुक्त किया गया।

1973 : डब्ल्यू.एल.ए.सी. स्टेशन में काम करने के बाद ओपरा उसके टेलीविजन स्टेशन डब्ल्यू.एल.ए.सी. टी.वी. चली गईं। बाल्टीमोर में एक नौकरी स्वीकार करने के लिए ओपरा ने स्नातक की शिक्षा पूरी करने से पहले ही कॉलेज की पढ़ाई छोड़ दी।

1976 : बाल्टीमोर में 'डब्ल्यू.जे.जेड. टी.वी.' में ओपरा ने शाम के प्रोग्राम के लिए संवाददाता तथा सह-परिचायक के रूप में काम किया। वहाँ उनकी भेंट निर्माता-सहायक गेल किंग से हुई, जो उनके घनिष्ठ मित्र बन गए और हमेशा ही रहे।

1978 : 'डब्ल्यू.जे.जेड टी.वी.' के शाम के प्रोग्राम से ओपरा को हटाकर सुबह के शो 'पीपल आर टॉकिंग' का सह-प्रस्तुतकर्ता बना दिया गया।

1984 : ओपरा को 'ए.एम. शिकागो' की प्रस्तुतकर्ता के रूप में शिकागो में नौकरी मिल गई।

1985 : ओपरा की भेंट स्टेडमैन ग्राहम से हुई, जो उनके 'महत्त्वपूर्ण साथी' बनने वाले थे। उनकी भेंट क्वेन्सी जोन्स से हुई, जिन्होंने उन्हें 'द

कलर परपल' में सोफिया की भूमिका दी, जिसके लिए उन्हें ऑस्कर द्वारा नामित किया गया।

1986 : उनके प्रोग्राम का नाम दोबारा से 'दि ओपरा विनफ्रे शो' रखा गया। उसे 'किंग ब्रदर्स कॉरपोरेशन' ने खरीद लिया और राष्ट्रीय रूप से उसे संघ बना दिया गया। ओपरा ने रिचर्ड राइट के उपन्यास पर आधारित एक फिल्म 'नेटिव सन' में भी काम किया। उन्होंने झील के सामने ही अपना शिकागो पेंट हाउस सह-स्वामित्व खरीदा। ओपरा हायनीस, मैसाचुसेट्स में अपनी मित्र मारिया श्रीवर की आरनॉल्ड श्वार्जनेगर के साथ शादी के अवसर पर उनकी अतिथि थीं।

1987 : टेनी स्टेट यूनिवर्सिटी छोड़ने के लगभग एक दशक बाद ओपरा को भाषण तथा ड्रामा के लिए डिग्री मिली और उन्होंने स्वागत संबोधन किया।

1988 : अंतरराष्ट्रीय टेलीविजन एवं रेडियो सोसाइटी द्वारा 'ब्रॉडकास्टर ऑफ द ईयर' घोषित किए जाने के बाद ओपरा इस पुरस्कार को पानेवाली सबसे युवा महिला बन गईं। प्रोग्राम का स्वामित्व और नियंत्रण मिलने के बाद उन्होंने अपना प्रोग्राम बनाना शुरू किया। अपनी निर्माता कंपनी का नाम 'हार्पो' रखने के बाद उन्होंने स्टूडियो की सुविधाएँ भी खरीद लीं और इसके साथ ही स्टूडियो तथा निर्माता कंपनी का स्वामित्व रखनेवाली वे पहली महिला बन गईं। उन्होंने इंडियाना में एक खेत खरीदा। बाद के वर्षों में उन्होंने दो और घर खरीदे—एक क्लोराडो में और एक कैलिफोर्निया में। उनकी मित्र और सहायक बिली-रिजो की मृत्यु एड्स से हो गई। वही बीमारी, जिसने उनके सौतेले भाई की जान भी ली थी।

1989 : जेफरी ली की मृत्यु एड्स से हो गई। एक अन्य निवेशक के साथ ओपरा ने एक रेस्टोरेंट 'दि इसेंट्रीक' खोला।

1990 : ओपरा ने टेलीविजन शृंखला 'द वीमेन ऑफ ब्रिवईस्टर

प्लेस' बनाई, दस सप्ताह के बाद, जिसका प्रसारण रोक दिया गया। उन्होंने 'लिसन अप : द लाइव्स ऑफ क्विन्सी जोंस' भी बनाई और इसमें काम भी किया।

1992 : ओपरा ने डॉक्यूमेंट्री 'स्केयर्ड साइलंट' बनाई। उनकी भेंट बॉब ग्रीन से हुई, जो बाद में उनके लिए फिटनेस ट्रेनर तथा मित्र बन गए।

1993 : ओपरा ने टेलीविजन फिल्म 'देयर आर नो चिल्ड्रन हीयर (2)' में भी काम किया, जिसका निर्माण भी उन्होंने ही किया। अमेरिकी राष्ट्रपति क्लिंटन ने 'द नेशनल चाइल्ड प्रोटेक्शन ऐक्ट' पर हस्ताक्षर कर दिए, जिसकी शुरुआत ओपरा ने की थी।

1995 : ग्रॉफ ने पाककला पर ओपरा के रसोइए द्वारा लिखित एक पुस्तक, जिसमें कुछ अंशों का योगदान ओपरा ने भी किया था, 'इन द किचन विद रोजी' प्रकाशित की। बॉब ग्रीन की पुस्तक 'मेक द कनेक्शन' का प्रकाशन बॉब ग्रीन तथा ओपरा विनफ्रे के नाम के साथ किया गया। ओपरा ने 25 मील की मैरीन कॉर्पस मैराथन में भाग लिया और उसे पूरा किया।

1996 : ओपरा को 'जार्जपी बॉडी व्यक्तिगत उपलब्धि' पुरस्कार मिला। उन्होंने 'वेटिंग टू इक्सहेल' बनाई। टेक्सास के किसानों ने गोमांस की निंदा करने के लिए ओपरा के विरुद्ध मुकदमा किया। ओपरा की भेंट टेक्सास में डॉ. फिल मैकग्रा से हुई, जो वहाँ उनके एक सलाहकार बन गए। 'बुक क्लब' टेलीविजन शो का हिस्सा बन गया।

1997 : ओपरा ने 'एंजिल नेटवर्क' बनाया। उन्होंने टेलीविजन फिल्म 'बिफोर वीमेन हैड विंग्स' का निर्माण किया और उसमें काम भी किया। ओपरा ने वेलेजली कॉलेज में स्वागत संबोधन किया, जहाँ से स्टेडमैन ग्राहम की बेटी स्नातक कर रही थी। आर्ट स्मिथ ओपरा के रसोइया बन गए और उन्होंने पाक कला पर एक पुस्तक लिखी।

1998 : ओपरा विनफ्रे ने टेलीविजन लघु श्रृंखला का निर्माण

किया और उसे प्रस्तुत किया, जिसमें हेलबेरी ने अभिनय किया। डॉ. मैकग्रा ओपरा के टेलीविजन शो से जुड़ गए। ओपरा को 'लाइफ टाइम अचीवमेंट डेटाइम एमी पुरस्कार' मिला। ओपरा ने फिल्म 'बिलव्ड' में अभिनय किया और उसका निर्माण भी किया। 'टाइम' पत्रिका ने उन्हें बीसवीं शताब्दी के सबसे अधिक प्रभावशाली व्यक्तियों में एक बताया।

1999 : 'सी.बी.एस. कॉरपोरेशन' ने 'किंग प्रोडक्शन कंपनी' खरीद ली। ओपरा ने 'ऑक्सीजन केबल नेटवर्क' में साझेदारी खरीद ली। ओपरा की कंपनी ने टेलीविजन फिल्म 'टियूजर्ड विद मोरी' प्रस्तुत की।

2000 : 'ओ' पत्रिका की शुरुआत की गई(इस पत्रिका के अंतरराष्ट्रीय संस्करण का प्रकाशन कुछ महीनों बाद किया गया। ओपरा ने गोमांस मानहानि का मुकदमा जीत लिया।

2002 : 'हार्पो प्रोडक्शन' ने डॉ. मैकग्रा के लिए एक प्रोग्राम तैयार किया। ओपरा को प्रिंस्टन विश्वविद्यालय द्वारा मानद डॉक्टरेट से सम्मानित किया गया। ओपरा को 'बॉब हॉप ह्यूमैनिटेरियन पुरस्कार' प्रदान किया गया। ओपरा तथा स्टेडमैन दक्षिण अफ्रीका में नेल्सन मंडेला के घर पर ठहरे। 'बुक क्लब' के प्रसारण को रोक दिया गया।

2003 : ओपरा को 'मेरियन एंडरसन पुरस्कार' से सम्मानित किया गया। नेल्सन मंडेला का पचासीवाँ जन्मदिन मनाने के लिए ओपरा विश्व के अनेक प्रसिद्ध लोगों के साथ मिल गईं। ओपरा की सौतेली बहन पैट्रीशिया ली लोआइड की मृत्यु दवाओं की अधिक खुराक लेने से हो गई। 'बुक क्लब' का पुनर्जन्म हुआ। ओपरा पहली अश्वेत अमेरिकी अरबपति बन गईं।

□□□